날마다 문 닫는 박물관

소해경 수필집

# 날마다 문 닫는 박물관

초판인쇄 · 2018년 11월  5일
초판발행 · 2018년 11월 11일

지은이 : 소해경
펴낸이 : 서영애
펴낸곳 : 대양미디어

출판등록 2004년 11월 제 2-4058호
04559 서울시 중구 퇴계로45길 22-6(일호빌딩) 602호
전화 : (02)2276-0078
팩스 : (02)2267-7888
E-mail : dymedia@hanmail.net

ⓒ소해경, 2018
E-mail : kyoung54@empas.com

ISBN 979-11-6072-035-8 03810
값 13,000원

＊저자와의 협의에 의해 인지는 생략합니다.
＊잘못된 책은 교환해 드립니다.

이 도서의 국립중앙도서관 출판예정도서목록(CIP)은 서지정보유통지원시스템 홈페이지
(http://seoji.nl.go.kr)와 국가자료공동목록시스템(http://www.nl.go.kr/kolisnet)에서
이용하실 수 있습니다.(CIP제어번호 : CIP2018035366)

# 날마다 문 닫는 박물관

소해경 수필집

대양미디어

# 첫 번째 버킷리스트

글은 말 보다 마음으로 다른 이에게 다가갑니다. 그 마음이 글이 되어 떨림으로 다가옵니다. 기회가 되면 답사를 가고 박물관, 미술관 전시회를 다녔습니다. 지하철, 마트, 이웃들이 나의 글 주인공이 되어 말을 걸어왔고 다른 사람 글 속의 주인공이 옆에서 나를 채근하고 격려해 주기도 했었습니다.

글을 쓴다는 일은 인생이 살만한 것임을 알아내는 일입니다. 자기 자신이 위안을 얻는 일이기도 합니다. 문학은 경험을 통해 얻어진 몸짓이며 좋은 글은 끊임없는 노력의 결과물이라는 것도 깨닫습니다.

수필은 시와 달리 조금은 진부할 수 있고 함축미나 간결미는 찾기 힘듭니다. 소설처럼 생생한 전개나 극적인 클라이맥스도 기대할 수 없습니다. 내가 겪은 소소한 일들을 잔잔한 표현으로 느낌 그대로 쓰다 보니 자신의 얕은 지식이나 경험치 부족으로 공감을 불러올 수 없는 글도 있습니다.

그렇지만 제 글의 작은 에피소드에서 고개를 끄덕이고 미소를 짓고 잠시나마 위로가 된다면 보람이겠습니다. 이제 나의 버킷리스트 하나에 밑줄이 쫙 그어졌습니다. 딸네 손녀와 아들네 손자를 퇴직한 남편과 함께 돌보면서 할머니 됨을 기뻐하며 틈틈이 써 모은 글들에게 세상 구경을 시켜주는 마음으로 첫 문집을 만들어봅니다. 작은 인연으로 추천의 글을 써 주신 이해인 수녀님께 진심으로 감사드립니다. 멀리 캐나다에서 엄마의 원고 교정을 봐준 딸, 격려를 아끼지 않았던 남편과 아들 며느리에게도 고마움을 전합니다.

2018년 가을

# 차 례

## 제4부 축하합니다

## 제1부
# 나는
# 누구인가

# 할머니와 참새

**딸** 부잣집인 우리 6자매는 해마다 어머니 생일 즈음 휴가 겸 여행을 함께한다. 나만 백수이고 모두 직장을 갖고 있어 5자매 4자매 모임이 되기도 하지만 명절날이 아닌 평일에 아이들과 남편을 집에 두고 자매끼리 만나는 재미가 쏠쏠하다. 가족여행은 어렸을 적 함께 공유했던 그리운 추억들을 하나하나 꺼내보는 설렘이 있다. 요즈음은 며칠 전 뭐 했나 기억이 가물가물 할 때가 많은데 동생들과 북적대던 그때 일이 어제 처럼 생생한 것이 참 알다가도 모를 일이다. 열여섯 살 차이 나는 막내도 이젠 쉰 살이 가까워 흰머리가 보이지만 같이 늙어가며 또 다른 추억을 하나하나 만들어가고 있다.

올해는 전라남도 장흥 '우드랜드'에 모였다. 억불산 풍광에 매료되어 숲길을 걷고, 사진을 찍고, 편백나무에 기대어 피톤치드를 실컷 마시며 살아있는 나무들의 이야기를 들었다. 목재문화 체험관에서는 죽어서 다시 태어난 나무들의 생태와 쓰임새를 살펴보았다. 예술작품으로 생활용품으로 거듭난 '아낌없이 주는 나무'에게 찬사가 절로 나왔다. 겨우 백년을 사는 인간들에 비해 나무는 수백 년을 산다. 가을이면 자신의 자손인 열매를 내어주고, 겨우내 봄을 기다리며 품었던 수액까지 내어주는 고로쇠나무 일생은 이곳에 올라오면서 마주한 할머니들이었다.

주차장에 차를 세우고 걸어서 올라오는 길이었다. 길 옆의 경계석에 할머니 몇 분이 백설 공주 동화에 나오는 난장이들처럼 울긋불긋 모자를 쓰고 일렬로 나란히 앉아있었다. 나들이 옷차림에 유독 통일된 무엇, 지팡이를 손에 붙잡고 있었다. 우리들이 떠들며 지나가자 모두들 우리를 쳐다본다. 유모차에 아기를 태운 부부가 내려가자 또 고개를 돌려 그 가족을 쳐다본다. 그 모습이 영락없이 전깃줄의 참새 모습이다. 나들이는 왔지만 허리가 아프고 다리가 아파 굽은 허리를 지팡이에 의지해서 겨우 주차장 경계석에 앉아있는 할머니들이, 요즘 허리가 아파 수술을 할까 말까 망설이는 우리 어머니 같아 마음이 짠했다.

오가는 사람들을 좌로 보고 우로 보는 할머니들의 젊은 날은 어디로 갔을까 예닐곱 명 아이들을 낳아 기르며 시부모 봉양하며 남편 뒷

바라지하던 손과 발은 고목 등걸이 되어 깊은 주름을 훈장처럼 달고 있었다. 어쩜 나무와 인간은 이렇게 닮았는지… 살아생전 커다란 그늘이 되어 주었고 자식들을 끌어안고 열매를 내어 베풀던 어머니들은 입 속에 있는 것도 꺼내 주었다. 그 자식들은 대처로 멀리 떠나고, 젊은 날 화려했던 미모와 배움은 무장해제 당한 채 이젠 좋은 경치 구경을 왔어도 이렇게 바닥에 쪼그리고 지팡이를 의지해 앉아있는 한 마리 참새가 되어 있는 것이다.

삶은 한 순간이다. 우리는 삶이 영원할 것처럼 쓸데없는 것에 집착하고 있다. 전깃줄의 참새가 되어버린 우리네 어머니들인 할머니들에게 이 봄날의 풍경은 그저 연분홍 꽃잎이 되어 봄바람에 휘날리고 있었다. 5월의 봄날이 이렇게 지나가고 있었다. 쇠고기와 키조개, 표고버섯이 함께 어우러진 삼합 요리를 먹는 내내 치열한 삶을 살아낸 할머니들의 삶의 향기가 함께 전해져 목이 메어왔다. 베어지고 난 후 나무 등걸까지 내어주면서 자신은 겨우 지팡이 하나에 의지해야 하는 나무의 모습 속에 할머니, 어머니, 내 모습이 보였다.

6자매에 어머니까지 함께하는 여행이 언제까지 계속될 지는 아무도 모른다. 먼저 가신 어른들을 추억하고 조카들 연애 이야기에 괜히 마음이 설레고 손녀딸 재롱에 손녀 바보가 된 오늘밤은 유난히 밝은 보름달 속에 또 하나의 나이테가 되었다.

# 손에 손 잡고

**보**통의 찻잔에는 손잡이가 달려 있다. 손잡이만 만져서는 찻잔 속의 차가 뜨거운지 차가운지 온도를 알 수 없다. 손잡이는 차를 마시는 사람에게 찻잔 속의 고요와 태풍을 간접적으로 전달한다. 일종의 매개체이자 징검다리이다. 나의 삶 속에서 찻잔 손잡이의 미학을 찾아본다.

어렸을 적에는 친구들은 언니나 오빠가 손잡이였지만 맏이인 나는 언니나 오빠가 없어 내가 손잡이였다. 동생들이 엄마나 아빠한테 야단맞고 훌쩍거릴 때나, 사탕 하나를 더 먹겠다고 싸우던 동생들이 밖에서 다른 친구하고 싸우다 울고 집에 오면 으레 맨 큰언니인 내가 구원 투수로 나섰다. 애들 싸움이 어른 싸움으로 확대되어 동네가 소란스러울 때도 있었지만 대개 언니 오빠들이 나서면 상황이 정리되었고 언제 그랬나 하고 놀았다. 어느 날 친구 오빠가 나서서 앞집 언니인 나한테 동생을 대신해 따지러 왔다. 내 얼굴을 쳐다보더니 슬그머니 "제 동생이 잘못했습니다" 하고 얼굴을 붉히면서 오히려 자기 동생한테 꿀밤을 때렸다. 자기편을 들어 주리라는 기대를 하고 쫓아온 친구의 동생은 엄마한테 이른다며 엉엉 울었다. 나중 친구를 통해 그 오빠가 나를 좋아한다는 얘기를 듣고 마음이 설렌 적이 있었다.

그 개구쟁이 동생들이 자라서 결혼을 하고 각자의 배우자를 만나 살다 보니 여러 가지 이유로 가끔 형제끼리 다툼도 있는데 이때는 부모님이 자식들 사이에 손잡이가 되어준다. 서로서로의 장점을 얘기하고 단점은 부모님 가슴에 묻는다. 부모님이 돌아가셔도 지금처럼 형제애가 돈독할지는 알 수 없다. 부부의 손잡이는 아이다. 부부싸움을 했을 때 이만큼 훌륭한 손잡이가 없다. 아이라는 손잡이가 없었다면 이혼을 열두 번도 더 했을 것이다.

가족관계는 물론이고 사람과 사람의 관계인 직장과 사회에서 손잡이 역할을 하는 사람이 꼭 있다. 동료사이나 상사와 부하직원, 매일 부딪히는 이웃사이에도 이해의 정도에 따라 완충이 필요하다. 그렇지만 요즈음 우리는 개인주의 밀실에서 갇혀 지내고 있다. 불편한 절차는 싫어한다. 영원하지 않은 재물을 모으고 그 우물에 스스로 갇혀 지내면서 비명을 지른다. 타인의 도움이나 관심을 내치고 무엇이든 돈과 타협한다.

에어컨은 시원함을 주지만 종일 켜나면 감기에 걸릴 것이고, 난로는 따뜻함을 주지만 과열되면 화재가 난다. 산들바람의 위력을 느끼는 순간이다. 그래서 에어컨이나 난로를 켤 때 잠시 환기를 하는 지혜가 필요하다. 그 지혜가 바로 손잡이다. 가전제품과도 타협하고 지내는데 왜 사람과의 관계 개선에 인색한지, 스스로는 손잡이가 될 수는 없는지, 나에게 묻는다.

띵동~ 현관문 앞에 해강이 엄마가 서있다. 떡 접시를 내민다. 차를 끓인다. 그녀의 이야기를 들어주면서 차를 마신다. 그리고 손잡이가 되어준다.

# 그 어머니의 표정

올 봄 아들네 손자는 유치원 추첨 응시를 3곳에 했었는데 척 척 척 3곳에 모두 합격을 했다. 4년 전 딸네 손녀딸은 5곳에 응시했었는데 모두 불합격으로 간신히 예비 후보로 유치원에 갈 수 있었다. 손자는 인성 교육을 위해 불교재단이 운영하는 곳과 영어를 집중 교육하는 곳, 수영장 시설이 있는 체육센터를 놓고 즐거운 고민을 하다가 체육센터 유아반에 등록을 했다. 입학식 다음날 2층에 있는 새싹반 교실로 가기 위해 모두들 엘리베이터를 탔는데 그런 난리가 없었다. 낯선 곳에서 엄마하고 헤어지면서 처음에는 한두 명이 울었는데 10초도 되지 않아 20명의 아이들이 울부짖는 아비규환이 되었다.

일주일 동안 서서히 우는 아이들이 줄고 엄마, 할머니에게 손을 흔들고 안정을 찾아갔는데 이 아이들이 그렇게 울던 그 아이들인가 의심이 들 정도로 그 모습이 변해갔다. 이젠 체육센터에 가지 말라고 하면 엉엉 우는 시늉을 하며 체육센터를 좋아한다. 규모가 큰 체육센터 강당에서 마음껏 놀이를 한다. 멀리 뛰기, 공굴리기, 달리기를 하고, 어린이 수영장에서 수영하는 모습이 톡에 올라오는데 물안경을 쓰고 키판을 들고 발차기 하는 모습이 너무 귀엽고 대견하다. 요즘 집에 오면 오른쪽 왼쪽어깨를 교대로 직각으로 꺾으면서 푸하~ 푸하~ 자유형 수영 모습을 보여주며 자랑질이다. 혼자서 점심을 잘 먹는지, 실내화는 잘 바꿔 신는지, 화장실은 잘 다니는지 궁금하지만 매일 즐겁게 다녀오는 모습에 우리 부부도 즐겁다.

체육센터에는 등·하원 하는 셔틀버스가 있지만 아이 컨디션에 따라 지각할 때도 있고 버스는 꼭 시간은 지켜야 하는 부담이 있어서 손자를 자동차로 픽업을 한다. 왕자님이 따로 없다. 운전자도 그때마다 지정 당한다. 할아버지가 운전하면 할머니는 시종이 되고 할머니가 운전하면 할아버지가 시종이 된다. 한사람이 약속이 있어 함께 가지 못하면 이해를 구하는 설명을 해야 하고 기사와 시종이 함께 가면 두 개가 왔다며 좋아한다. 남편과 나는 기꺼이 기사가 되고 시종이 되어 10여분 오가는 시간 차안에서 간식을 챙기고 이야기를 들어주는 즐거움을 누린다.

며칠 전 하원하는 손자를 데리러 가고 있었다. 체육센터는 큰길에서 좌회전을 해서 입구로 들어간다. 깜빡이를 켜고 있다가 신호에 따라 움직이는데 뒤에 서있던 차가 빠른 속도로 내 차 앞으로 좌회전을 하더니 체육센터로 진입을 했다. 너무 깜짝 놀라서 가슴이 두근두근 하고 식은땀이 주르륵 났다. 내 차 속도가 조금만 빨랐어도 조수석과 앞 차 운전석이 부딪쳐서 큰 사고가 날 뻔했다. 비어있는 주차공간이 없어 앞차는 대기 중이었다. 놀란 가슴을 진정하고 내려 앞 차 문을 두드렸다. "좌회전 하는데 그렇게 앞지르기를 하다가 사고라도 나면 어쩌려고 그러세요"라고 했더니 운전석에서 하는 말이 "그래서 사고 났어? 사고 안 났으면 됐지 왜 시비를 붙어?" 반말이다. 짙은 색 선글라스, 주렁주렁 귀걸이, 온 팔에 문신을 하고 껌을 딱딱 씹고 있었다. 사과의 말은 고사하고 세상에나 어이가 없었다. 검은색 선팅으로 동행인이 있는 줄 몰랐는데 옆자리에 앉아있던 어머니의 표정이 걱정으로 울상이었다. 그 문신맨은 다리가 불편한 지체장애인이었다. 그냥 돌아서는데 마음이 싸 했다.

　체육센터가 시립이라서 규모가 크고 성인 수영장도 2곳이고 여러 체육 시설이 있는데 아마도 운동을 하러 온 것 같았다. 손자를 데리고 나오는데, 엄마가 야단을 쳤는지 장애인 주차장에서 아들이 엄마를 향해 고래고래 소리를 지르고 있었다. 슬퍼 보이고 힘들어 보였던 그 어머니의 표정을 보고 왠지 미안한 생각이 들었다. 소리 지르는 그 아이의 엄마가 되어 마음으로 손을 꼭 잡았다.

# 아리 아리랑 쓰리 쓰리랑

'아리 아리랑 쓰리 쓰리랑 아라리가 났네 아리랑 응응응 아라리가 났네' 진도 아리랑 후렴구를 흥얼거리며 진도로 여행을 떠났다. 한반도 서남단에 위치한 진도는 초등학교 사회 시간에 제주도, 거제도, 진도, 강화도, 남해도 5대 섬으로 외웠던 곳이다. 지금은 제주도만 진짜 섬이고 나머지 4개 섬은 다리가 놓여 차로 갈 수 있는 섬 아닌 섬이다. 진돗개가 반기는 진도대교를 지나 보배로운 섬에 도착했다. 시詩, 서書, 화畵, 창唱의 보물섬 진도는 진돗개와, 구기자, 돌미역이 3보寶로 서화, 민요, 홍주가 3낙樂으로 사랑을 받고 있다. 아무리 초가삼간이라도 집집마다 그림 한 점, 글씨 한 수 정도는 방안에 걸려있는 예향藝鄕이다.

친정 부모님 고향이고 내가 태어난 곳인 진도는 유년시절 방학 때마다 갔던 할머니 댁으로, 늘 그곳에 그렇게 있었건만 할머니와 할아버지가 돌아가신 후에는 아주 가끔 찾았던 곳이다.

용장 산성을 찾았다. 고려 원종 11년(1270년) 삼별초 배중손 일행이 몽고군을 피해 1,000여 척의 배를 끌고 내달은 곳이 이곳이다. 잠시 고려인이 되어 본다.

석축 몇 개가 전부인데 발부리에 걸린 깨진 기와편이 쓸쓸함을 더한다. 고려 정부군과 몽고군이 연합군을 형성하여 공격을 감행한 용장산성 전투 이후, 삼별초의 김통정 일행은 제주도로 쫓겨 가고 10개월 천하는 막을 내렸다. '승화 후 온왕'은 죽어 왕 무덤재를 만들고 궁녀와 부하들은 돈지벌에 몸을 던져 궁녀 둠벙을 만들었다. 퇴각하던 배중손이 최후를 맞은 남도 석성 성벽 위를 걸었다. 만리장성처럼 길고 넓지는 않았지만 5m가 넘는 높이에서 바라본 먼 바다는 수많은 고려인과 몽고인의 선혈은 간데없이 눈이 시리게 푸르렀다.

석성 안쪽 초라한 민가의 마당에 강아지가 혼자서 집을 지키고 있었다. 꾸벅꾸벅 졸면서 낯선 사람이 들여다보는데도 무심한 표정이다. 아무래도 진돗개가 아니고 진도에 사는 개인가 보다. 장독대의 바지랑대 끝, 가슴에 시누대 죽창을 온몸으로 맞고 매달려 있는 몇 마리 간재미가 몽고군의 창에 찔려 죽은 고려인이 아닐까? 간재미도 멀리 바다를 바라보고 있었다.

첨찰산 자락에는 남종화의 대가인 '소치 허련' 선생의 운림산방이 있다. 조석으로 안개가 피어올라 구름숲을 이룬다 해서 운림산방이라 부른다.

해남 '녹우당'의 공재회첩을 보고 그림을 익혔던 소치 선생은 '초의선사'의 소개로 '추사 김정희' 선생께 그림을 배우게 된다. 중국 원나라 4대 화가 중 한 사람인 '황공만'을 '대치'라고 불렀는데 그와 견줄 만 하다고 '소치'라는 호를 추사 선생이 주었다고 한다. 남종화는 그의 아들 미산 허형, 손자 남농 그리고 허건으로 이어진다. 토요 경매장도 기웃거려 보고 마당에서 특산품인 구기자 한 봉지를 샀다.

저녁에는 국립국악원에서 공연을 감상했다. 판소리 심청가를 듣고 심청의 모친이 '곽씨 부인'이었다는 것을 알았다. 사물놀이의 흥겨움에 저절로 어깨가 들썩거려졌다. 우아한 부채춤 공연에는 진도국립국악원 단원인 조카가 출연해서 일행한테 은근히 자랑도 했다.

공연이 끝나고 2009년 유네스코에 등재된 인류 문화유산인 '강강술래'를 배워보는 순서가 있었다. 무형문화 기능보유자인 '박용순 님'이 진도식으로 욕도 하고 등도 때리면서 열심히 지도해 주었는데 정말 재미있었다. 그의 수업방식이 무척 정감이 갔다. 후렴구인 강강술래를 목청껏 외치며 '남생이 놀이' '고사리꺾기' '가마등 타기'에 열중하다보니 온몸이 땀에 흠뻑 젖었다. 신나는 놀이였다. 이쯤에서 지혜로운 이순신 장군께 감사 인사라도 해야 할 것 같았다. 그곳 숙소에서 청한 잠은 아침 일찍 서울서 출발한 피곤함을 사라지게 한 마력이 있어 모두들 새벽같이 일어났다. 선녀가 가야금을 타고 있는 모습의 여귀산의 정기를 받아 밤사이 아름다운 여인들이 되었다.

모세의 기적 체험으로 유명한 모도리에서, 이상은 작가의 '나절로 미술관'에서 문우들은 글감을 찾고 추억을 쌓느라 분주했다. 읍내 군립 공연장에서 진짜 진도 가락인 육자배기, 엿장수 타령 등을 감상하니 완전 진도 사람이 된 것 같았다.

진도는 역사적으로 유명한 유배지다. 고려 후반기 이자겸의 아들 '공의'를 시작으로 의종의 태자 '기'가 유배되어 생을 마감했고, 조선시대에도 귀양지로 각광(?)을 받게 된다. 진도로 유배되어 오는 사람이 많았던 조선 영조 때 전라감사는 유배자가 너무 많아 그들을 먹여 살리기 위해 진도사람들이 굶어 죽게 됐으니 유배지를 다른 곳으로 옮겨 달라고 조정에 건의했다는 기록도 있다.

또 하나의 고려이자 유배지였기에 슬픈 진도는 모든 아픔을 노래로 승화시켰다. 진도에서 소리 자랑 말라는 말이 있는데 남도들노래, 진도만가, 진도씻김굿, 진도북놀이, 남도잡가, 소포걸군놀이, 조도닻배놀이, 강강술래 등이 중요무형문화재와 무형문화재로 등재되어 있는 것만 보아도 잘 알 수 있다. 진도는 지금까지 부모님의 고향으로 존재했었다. 내가 태어난 곳인 진도는 내 마음의 고향이기도 하다. CNN이 '대한민국의 아름다운 섬 33개'를 선정 발표했다. 당연히 목록에 이름을 올린 진도! "아따 진도 한 번 놀러 오쇼잉" 구수한 진도 사투리가 나를 부르고 당신에게 손을 내민다.

# 이젠 헤어져야 할 때

나무들이 연둣빛 고운 손을 내밀더니 어느새 진한 초록빛이 풍성한 긴 팔을 뻗는다. 상큼한 초여름이다. 글 동아리 모임을 양평에서 갖기로 해 지하철을 탔다. 양수리를 지나 용문산까지 갈 수 있는 중앙선은 평일 낮인데 입추의 여지없이 붐볐다. 지하철 바깥 풍경은 논에서 벼들이 서로 키 재기를 하며 하품을 하고 있었고 새들은 전깃줄에 앉아 꾸벅꾸벅 졸고 있었는데 지하철 안의 풍경은 역동적이고 소란스러웠다.

내 또래 여인들 대여섯이 왕십리역에서 열차에 탔다. 환승역이라 물론 빈 좌석은 없었다. 이름을 부르는 모습이 학교 동창인 것 같았다. "지난달 만날 때보다 더 예뻐졌다", "머리 스타일이 멋있다", "날씬해진 비결이 무엇이냐"는 등등 덕담과 일상의 사소한 얘기들이 오고 간다. 그러나 내가 한 발짝 뒤에서 객관적으로 보니 예뻐졌다는 사람은 이미 미모 평정에서 한참 지난 나이라 도무지 예쁘지 않았고 머리스타일이 예쁘다는 사람은 부분 가발을 얹었고, 날씬해졌다고 칭찬받은 사람은 몸이 너무 말라보여 병색이 있어 보였다. 그래도 내 나이와 비슷해서인지 서로서로 이름을 부르며 칭찬과 덕담을 나누는 모습은 좋아 보였다.

역을 지날 때마다 승객이 많아져 출입문 쪽에서 안쪽으로 밀려갔다. 비슷한 차림의 멋쟁이 할머니들이 앉아있다. 한 할머니의 장신구가 저절로 눈에 들어온다. 멋진 모자에 진주목걸이, 푸른빛 옥 목걸이, 금 목걸이 무려 3개의 목걸이가 주름진 목에 걸려 있다. 왼손에는 커다란 비취반지와 금 쌍가락지가 위용을 뽐내고 있고, 오른 손에는 진주반지를 끼고 있다. 손톱에는 빨간색 매니큐어가 반쯤 벗겨져 있다. 알록달록 티셔츠 위에 분홍색 머플러로 한껏 멋을 부렸다. 목걸이와 반지를 여러 개 착용한 모습은 모자를 깃털 터번으로 바꿔 쓴다면 21세기에 나타난 청동기 시대의 부족장 같았다. 지나친 장신구가 사슬처럼 보여 찰스 디킨스의 '크리스마스 캐럴'에 나오는 스크루지 친구인 '마레'가 쇠사슬을 걸고 등장한 것 같기도 하다. 할머니가 되면 왜 장신구를 많이 하게 될까? 젊어서 자식 기르고 힘들어 못해본 멋 부리기를 지금 하는 것인지, 아니면 자식들이 선물해 준 것을 자랑하고 싶어서인지 알 수 없지만 어울리지 않는 모습에서 늙어 감을 아름다움으로 승화시키는 방법은 무엇일까 생각해 보았다.

팔순이 넘은 친정어머니는 동창회를 매달 2번씩 한다. 한번은 정기모임으로 마지막 금요일이고, 요일에 관계없이 15일에 또 한 번의 모임을 갖는데 이젠 회원들 사정으로 모임이 해체될 위기라고 걱정을 한다. 사범학교 동창들이라 근무기간은 다르지만 각자 교직에 있었고 두 분은 교장 퇴임까지 했지만 그 빛나던 시절은 다 어디로 갔는지. 건강한 분도 있지만, 귀가 안 들리고, 다리가 불편하고, 건망증이 심해서 모임 장소와 시간을 헷갈리는 분도 있다고 한다. 해마다 돌아가며 맡은 회장을 지금은 우리 어머니가 맡고 있는데, 모임을 이끌어 가기가 너무 힘들다며 괴로움을 토로한다. 내가 초등학교 시절부터 늘 보던 엄마의 동창 모임이 어느 날 폐막을 알려올까 걱정이다.

15년 전 시어머님이 살아 계실 때 TV에서 「전원일기」라는 드라마를 했다. 그 드라마를 보며 어머니는 일용엄니 편을 들고 나는 복길엄마 편을 들어 가끔 언쟁을 할 때가 있었다. 연속극은 끝났고 어머니도 돌아가셨다. 이제 며느리 입장이 아닌 진짜 시어머니가 되었다. 나이 먹음을 두려워하지 않고 딸이나 며느리와 부딪치지 않고 슬기롭게 사는 묘안은 무엇일까.

시간은 지나가면서 영속성을 갖는다. 세상에 시시한 인생은 어디에도 없다. 지하철에서 만난 중년의 동창생들, 온갖 치장으로 자신의 존재를 드러내 보이는 멋쟁이 할머니들, 동창들 안위가 걱정인 친정어머니, 일용엄니 편만 들다가 돌아가신 시어머니 모두 소중한 삶을 살아갔다. 어려서 부모님의 딸로 이십 년 이상을 살았고, 결혼해서 사십 년을 아내로, 두 아이의 엄마로 살면서 며느리, 숙모, 이모의 호칭으로 살았고, 이젠 할머니 호칭도 얻었다.

철없던 갈래머리 학창시절, 수줍은 사랑을 키우며 웃기도 하고 울기도 했던 분홍빛 청년시절, 맵고 쓴맛을 알아낸 푸르던 신혼시절, 지금 서리 내린 마을에 튼튼한 베들레헴 방호벽을 설치한 가을날이 되었다. 이제 이해 못할 스토리가 없는 나이가 되었다. 하나하나 마침표를 깔끔하게 찍으면서 어제와 헤어지는 연습을 하며 우아하게 살아야겠다. 대숲에서 청량한 바람이 분다.

# 흐르는 물은 어찌 그리 급한고 流水何太急

**전**시회에 다녀왔다. 700년 전 바다에 가라앉은 무역선이 세상에 다시 나타났다. 국립중앙박물관에서 발굴 40주년 기념 특별전 「신안 해저선에서 찾아낸 것들」 전시회가 열리고 있다. 배에서 발견된 청동 추와 목간의 기록에 의하면 이 배는 1323년(고려 충숙왕 10년) 음력 6월 3일 일본의 궁 절 무역상에서 주문한 짐을 싣고 원나라 경원(지금의 저장성 닝보)항을 출발했고, 도착지는 후쿠오카의 하카타라고 쓰여 있다. 그러나 무역선은 하카다에 닻을 내리지 못하고 폭풍을 만나 한반도 남쪽 다도해로 표류했다. 돛대가 부러지고 배에 구멍이 나고, 결국 전남 신안군 중도 앞바다 깊은 곳에 가라앉고 말았다.

전시실에 들어서면 녹색 그물로 감아놓은 '모란넝쿨 무늬큰꽃병'이 반긴다. 1975년 8월 어부 최성근 씨(당시 40세)의 그물에 이 꽃병을 포함해 6점의 도자기가 걸려 올라왔다. 쓸모없어 보였지만 버리기는 아까워 마루 밑에 두었던 보물은 동생 평호 씨(당시 35세)가 신안군청에 신고함으로써 세상에 알려졌다. 1984년까지 11차례에 걸쳐 진행된 수중 발굴로 2만4,000여 점의 귀중한 유물과 침몰된 배 조각 문화재들이 모습을 드러냈다. 온전하지는 않았지만 발굴된 배의 규모는 길이 34m 폭 11m에 무게 200t이 넘는 당시로선 최첨단 무역선이었다. 배 바닥에 실린 중국과 베트남 동전만 헤아려도 무려 800만개 28t에 달한다.

일본 상류층의 중국 취향을 알 수 있는 각종 찻잔들은 물론이고, 복고풍의 중국 고대 청동기와 고려의 도자기도 발견되었다. 수많은 도자기들을 일목요연하게 전시한 학예사들의 노고가 돋보이는 전시였다. 1,000여 점이 발견된 크고 작은 자단목은 동남아 지역에서 자라는데 한자, 로마 숫자, 아라비아 숫자, 알파벳 등이 새겨져 있거나 쓰여 있었다. 향신료인 후추, 계피, 정향, 칠기제품, 석재품인 벼루, 유리제품인 비녀와 구슬도 바다 속에서 700년 세월 동안 주인을 찾지 못한 채 발견되었다.

시간여행의 보물창고가 열렸다. 1323년 여름날 남쪽 바다 배위에서 선원과 상인들이 움직이고 있다. 선원들은 부지런히 화물들을 살피고, 풍로에 요리를 하고, 안전한 항해를 위해 향을 피운다. 고려청

날마다 문 닫는 박물관

자를 자랑하는 상인, 집에서 자신을 기다리는 아내와 딸을 자랑하는 사람, 옆에서 장기나 바둑을 두는 사람, 주사위 놀이를 하는 사람도 있었다. 게타(일본 나막신)를 신고 짚풀 모자를 썼던 사람은 어디로 갔을까? 이 많은 유물이 나왔는데 사람 흔적은 하나도 없었을까? 크기로 보아 어른인 사람 두개골 윗부분과 뼛조각 몇 점이 발굴돼 보관 중이라고 한다. 40년 전 신안선 발굴 당시만 해도 'DNA 고고학'은 그 개념조차 생소했다. 그러나 지금은 '나주 복암리 고분 옹관' 속 마한 사람, '김해 예안리 고분' 속 200여 가야 사람 인골의 DNA를 분석해 혈연관계를 알아낼 정도로 발전했다. 700년 전 그들도 우리와 똑같이 밥 먹고 잠자고 사랑하는 가족을 위해 기꺼이 배를 타고 곧 도착할 항구에서 대박을 꿈꾸었을 것이다. 어떻게 배가 침몰했고 배에서 마지막으로 살아남았던 사람은 누구였을까?

마지막 전시실의 백미白眉는 분홍빛 나뭇잎 두 개가 그려진 시詩가 쓰인 백자 접시다 '흐르는 물은 어찌 저리도 급한고流水何太急. 깊은 궁궐은 종일토록 한가한데深宮盡日閒'라고 쓰여 있다. 당나라 우우于祐라는 선비와 궁녀 한韓씨의 사랑이야기다. '은근한 마음 붉은 잎에 실어 보내니殷勤思紅葉, 인간 세상으로 쉬이 흘러가기를好去倒人間' 뒷부분이 쓰인 접시도 있었을 텐데 발굴되지는 않았다. 배가 침몰되지 않았다면 어느 집 부부 전용 접시로 쓰였을 사랑스런 작품이다.

당시 사람들의 슬픔과 고통이 서려있는 침몰선이 역설적으로 우리에게는 보물선으로 기억된다. 전시실에서 발걸음이 떨어지지 않는다. 돈으로 환산할 수 없는 2만4,000여 점의 유물들과 아직도 발견되지 못하고 바다 속에 갇혀있는 유물들에게 조용히 말을 걸어본다. 당신들의 희생이 과거와 현재를 존재하게 했고, 또한 미래를 준비하고 있다고.

# 나는 누구인가

**묘**지명墓誌銘은 무덤의 주인이 누구이며 그의 삶이 어떠했는지를 후세에 전하기 위해 무덤 안에 넣은 기록물이다. 남은 사람이 죽은 이를 추모하는 글로 매우 사적인 기록이지만 그 당시 문화와 역사, 삶의 생각을 보여주는 소중한 자료이다. 전시회를 관람 중 「남편이 쓴 그리운 아내의 묘지명」에 특히 관심이 갔다. 이는 고려 중기의 문신 최누백(?~1206)이 죽은 부인 염경애(1100~1146)를 위해 직접 지은 묘지명인데 가난한 하급 관료 시절 어려운 집안을 위해 애쓰던 아내와의 대화를 추억한다.

"(아내는) 내게 말하기를 '뒷날 불행히도 내가 천한 목숨을 거두더라도 가난을 이겨내던 일을 잊지 말아 주세요'라고 했다. 믿음으로 맹세하건대 당신을 감히 잊지 못하리라. 함께 묻히지 못함이 매우 애

통하도다." 남편의 애틋한 마음과 부부 사이의 진한 사랑이 느껴지는 글귀였다. 함께 고생한 아내와의 정을 잊지 못하는 남편의 사랑이, 천년 후인 오늘 나의 가슴을 이렇게 절절하게 할 줄이야. 이는 아마도 세상의 모든 아내들이 남편에게 바라는 한 마디가 아닐까 싶다.

신이 허락하신 유한한 삶을 살아가는 모습은 각양각색이다. 촉촉한 물기를 머금은 새싹 같은 아가가 태어나고 그 아가들이 자라서 어른이 된다. 그리고 노인이 되어 저 세상으로 떠난다. 태어남에는 순서가 있으나 죽음에는 순서가 없다. 어린아이나 청년이 불의의 사고나 병으로 유명을 달리할 때는 이것이 공평한 일인지 신께 묻고 싶을 때도 있다.

해마다 새해가 되기 전 신부님들은 자신의 유서를 쓴다고 한다. 그 유서는 잘 봉함되어 교구장님께 보관되었다가 유고有故시 개봉된다고 한다. 해마다 유서를 쓴다면 나름대로 자신의 삶을 정리 정돈하면서 현명하고 지혜로운 판단으로 후회 없는 삶을 살도록 노력할 것 같다. 또한 유서 쓰기는 누구나 겪는 죽음 앞에서 욕심을 버리게 되고, 세상을 관조하는 멋스러운 자신을 발견하는 일이 될 것이다.

살랑거리는 바람과 함께 다가온 가을날, 나의 묘지명을 생각해 본다. 아이들이 쓰게 될 나의 묘지명은 아이들에게 맡기고, 올해부터는 매년 마음에 탱탱한 긴장감이 들도록 멋있는 유서 쓰기를 해야겠다.

그런데 막상 유서를 써보려니 막막하다. 아직 마음을 비우지 않은 탓일까? 다시 마음을 내려놓고 써본다.

가장 먼저 지극히 세속적인 돈에 대해서 생각이 멈춘 나는 역시나 평범한 인간이다. 값나가는 보석은 없지만 따져 보니 내가 갖고 있는 것이 참 많기도 하다. 아끼는 찻잔과 접시, 옷가지, 백일 사진부터 정리된 10권이 넘는 앨범은 딸이 갖겠지. 미완성의 습작 노트, 외할머님께 물려받은 SINGER 손재봉틀, 어렸을 적 친할머님이 소꿉놀이하라며 주신 조그만 청화 매병, 친정어머니가 직접 수놓은 베갯잇과 매화 그림 자수… 지극히 평범한 것들이지만 나에게는 소중하고 특별한 것들이 아닌가. 이것들을 어떻게 할까? 이 물건들의 소재에 대해 쓰는 것이 유서일까? 나를 기억하는 사람들에게 나의 모습은 어떤 모습일까. 나를 이러한 사람으로 추억해 주세요, 하고 부탁의 말을 쓰는 것이 유서일까. 참 어려운 작업이다. 습기 머금은 여름 날씨처럼 마음이 눅눅하고 답답해진다.

내가 죽었을 때 나의 유서를 읽는 딸과 아들이 엄마의 작은 눈이나 덧니를 기억하지 않고 푸근했던 한마디 말, 따뜻한 엄마의 손을 기억했으면 좋겠다. 또 해마다 쓴 유서는 차곡차곡 모아서 내 삶의 지표로 삼고 싶다. 또 변덕이 심한 마음이 해마다 어떻게 변화할까 생각해보면 부끄러움이 앞선다. 몇 번의 유서를 쓰게 될지 모르지만 유서의 개봉이 늦어지는 천수를 누리고 싶은 욕심이 손을 내민다. 이유와 핑계는 많다. 아직 어머님이 생존해 계시니 불효막심한 딸이 되면 안 되겠지. 또 딸과 아들을 결혼시켰으니 각자의 배우자와 정답게 사는 모습도 보고 손녀 손자도 오래오래 보고 싶다. 장모와 시어머니의 새로운 모델이 되어보면 어떨까? 무조건 이유 없이 사랑스러운 손자 손녀에게 저희의 엄마 아빠를 키우면서 겪은 시행착오를 밑거름 삼아 훌륭한 동량이 되도록 조언을 주는 인기 있는 할머니도 되고 싶다. 또 내 이름 석 자가 쓰인 소박한 한 권의 책을 갖고 싶은 소망도 있다. 이렇게 많은 이유와 핑계를 들이대며 아직 쓰지도 않은 유서 개봉 시기를 최대한 늦추고 싶어 하는 소심하고 가여운 나는 누구인가.

날마다 문 닫는 박물관

# 삶의 정년

요즘 은행은 참 친절도 하다. 2006년 1월 남편 통장을 정리하기 위해 ATM 기계에 넣었더니 삐리릭~ 하며 "회갑을 진심으로 축하드립니다"라는 문구가 찍혀 나왔다. 벌써 회갑이라니… 새해를 맞아 올해는 병술년이라며 떠들썩했지만, 정작 개띠인 남편이 회갑을 맞는 해라는 사실은 생각지 못하고 있었다. 은행의 앞서가는 친절함에 얼떨떨한 기분이었다. 가슴 한켠이 애잔해졌다. "기쁨도 슬픔도 외로움도 함께 했지~." 목청 좋은 남편의 애창곡인 '친구'라는 노래의 가사처럼 지난 30년 가까이 부부로 친구처럼 함께한 세월들이 한 순간 찡하게 다가왔다.

나이 차이가 있는 우리 부부는 남편의 젊은 정신연령(?) 덕분에 조화롭게 살아올 수 있었다. 그러나 회갑을 맞은 남편의 아내라니, 나는 아직 50대 초반이고 딸, 아들 시집 장가도 보내지 않았건만 갑자기 초로의 할머니가 된 기분이다. 그렇지만 어쩌랴! 가는 세월을. 오늘도 어김없이 아침 일찍 출근하는 남편을 배웅하며 새삼스레 고마운 생각이 든다. 회갑을 맞은 남편은 십 년에 한 번씩 생사의 갈림길에서 살아난 행운의 사나이다.

1950년 한국 전쟁이 일어났을 때 남편은 촌뜨기 5살 꼬마였다. 엄마가 손수 지어준 밑 터진 멜빵바지 차림에, 콧물로 하얀 수염을 달고 신나게 뛰어노는 개구쟁이였다. 추운 겨울에는 때가 꼬질꼬질한 손등이 갈라져 피가 나는 것도 모르고 딱지치기와 구슬치기로 해지는 줄 몰랐다. 그러던 어느 날, 중공군과 인민군이 동네까지 탱크를 앞세우고 쳐들어왔다. 철없는 꼬마는 적군인지 아군인지도 구별 못하고, 탱크와 비행기를 보면 좋아서 만세를 부르며 쫓아 다녔다. 당시 동네에는 유탄에 맞거나 불발탄이 터져 죽는 사람도 부지기수였다. 탱크 꽁무니를 쫓아다닌 5살 꼬마가 목숨을 부지한 것은 하늘의 도우심이었다.

13살이 된 초등학교 6학년, 소년은 인생의 두 번째 위기를 만난다. 여름방학을 맞아 동네 형들과 근처 금강으로 수영을 하러 갔다. 개구리헤엄으로 제법 먼 데까지 가는 솜씨를 발휘했는데, 순간 다리에 쥐가 나서 꼬르륵 가라앉고 말았다. 다행히 같이 수영을 하던 이웃집

'순길이 형' 이 재빨리 발견하고 구해주어 목숨을 건질 수 있었다. 아찔한 순간이었다. 남편은 고향에 가면 생명의 은인인 형을 꼭 만나러 간다.

1970년 20대 초반의 김 병장은 월남전에 자원한다. 당시 베트남에 가는 일은 무척 위험한 일이었다. 하지만 가난한 집안 형편에 가정교사로 등록금을 벌어 겨우 대학 1학년을 마친 남편은 베트남에 다녀오면 남은 학기 등록금은 벌 수 있겠지 하는 생각에 걱정할 가족에게는 알리지도 않고 파병 신청을 했다. 뒤늦게 소식을 들은 가족들이 얼굴이라도 보고자 부산항까지 달려갔지만 결국 남편과의 상봉은 이루지 못한 채 떠나는 배를 향해 손만 흔들다 돌아왔다.

백마부대에 소속된 김 병장은 2천여 명의 병사들과 군함을 타고 꼬박 일주일을 뱃멀미로 죽을 고생을 하며 베트남의 '나트랑'에 도착했다. 필체가 좋다는 이유로 행정병으로 뽑혀 내무반 일지를 쓰고 차트를 만들며 펜대 굴리는 고급(?)한 업무를 보았기에 평상시에는 베트콩 얼굴 볼 일도 없었지만 며칠에 한번 꼴로 누구나 참여하는 야간수색 근무는 매우 위험한 일이었다. 예닐곱 명이 한 조가 되어 한밤중의 철책을 수색하는 중에 베트콩의 무차별적인 사격으로 전사한 병사들이 여럿이었다. 그때 김 병장은 또 한 번 생과 사의 갈림길에서 살아난 것이다.

한편 여동생들은 전장에 나간 오빠에게 편지를 보내놓고 이제나 저제나 답장 오기만을 기다렸지만 무심한 오빠는 엽서 한 장 없었다. 오히려 여동생의 편지를 본 내무반 동료들이 예쁜 여동생들에게 딴 마음을 품고 오빠 대신 답장을 보내 소식을 알려주곤 하였다. 그러다 딱 한번 오빠가 가족에게 크리스마스카드를 보낸 적이 있는데 그 내용이 퍽이나 화려하다. "월남에서 오빠가." 안부 인사 한 마디 없이 달랑 일곱 글자가 전부인 카드를 받고, 가족들은 처음이자 마지막인 오빠의 친필 편지에 웃어야 할지 울어야 할지 어이가 없었다. 참 대단한 오빠였다. 지금도 명절 때 만나면 시누이들은 '일곱 글자 카드' 얘기로 오빠 흉을 보며 한바탕 웃곤 한다.

1994년 10월 21일 아침, 남편 출근 후 TV에서 갑자기 청천벽력과도 같은 속보가 전해졌다. 한강 다리가 무너졌다는 것이다. 하루에도 수십만 대의 자동차가 지나다니는 그 거대한 다리가 무너졌다니 도무지 믿기지 않는 일이었다. 게다가 성수대교라니, 남편이 매일같이 출퇴근하며 이용하는 다리가 아닌가. TV에서는 곧 사상자와 부상자의 명단을 발표하기 시작했다. 다리가 무너진 시각과 남편이 출근한 시간이 거의 같은 시각이었다. 떨리는 손으로 남편의 직장으로 전화를 걸었다. 그때 전화기를 타고 들려오는 신호음 소리가 어찌나 길게 느껴지던지! 남편의 목소리가 들리자 안도의 울음이 터져 나왔다. 알고 보니 남편이 성수대교를 건넌지 채 3분이 되지 않아 사고가 났다. 그 순간에는 가슴을 쓸어내리며 다행스러워했지만 남편 학교의 학생들이 사고를 당해 무척이나 가슴이 아팠다. 이때가 남편의 40대였다.

50대 중반, 직장을 옮겨 일이 많아진 남편은 매일 야근으로 퇴근이 늦었다. 막내까지 대학에 들어가고 난 후 17년 모시던 시어머니께서 유명을 달리하신 터라 가족들을 위한 저녁 준비에서 해방시켜 준 남편의 야근이 내심 고맙기도 했다. 성당 교우들과 봉사를 다니고, 문학 강좌도 들으면서 자유 부인이 되었다.

그러던 어느 날 남편에게 「암」이라는 불청객이 소리 없이 찾아왔다. 입원 수속을 하면서 울고 또 울었다. 암담했다. 병실에서도 일 걱정으로 전화통을 붙들고 사는 남편을 보자 평생 자기 몸 돌보지 않고 내달려온 남편을 살리려면 내가 정신을 차려야겠다는 생각이 번쩍 들었다. 병은 자랑하라는 말이 있다. 그러나 시간과 용기가 필요했다. 병 자랑을 하니 주위 분들이 많은 도움과 격려를 해주었다. 소식을 듣고 달려와 준 성당 교우들과 매일 우리 집에 모여 기도를 했다. 귀한 산삼을 준 고마운 분도 있었다. 그 모든 분들의 염려 덕분으로 남편은 기적적으로 회복되어 지금은 건강하게 지낸다. 요즘도 병원에 정기검진 결과를 들으러 갈 때면 의사의 "좋습니다." 라는 한 마디가 너무나 감사하다.

예전에는 회갑만 살아도 큰 경사로 여겼지만 요즈음은 평균 수명이 길어져 회갑의 의미는 찾기 어려워졌다. 하지만 보통 사람들은 한 번도 겪기 힘든 일을 이렇게 여러 번 겪으며 살아온 남편의 60평생을 회고해 보니 통장의 축하 문구가 특별히 와 닿는다. 10년 마다 찾아온 생사의 갈림길을 무사히 통과해 왔지만, 더 이상 가슴을 쓸어내리는 일은 없었으면 한다. 직장의 정년은 3년이 남았다. 그렇지만 삶의 정년은 아무도 모른다. 성실한 직장 동료, 든든한 형제, 다정한 아빠, 나이 들수록 귀여워지는 남편이 지금처럼 내 곁에 있어주기를 기도한다. 밥 먹을 때는 밥풀도 흘리고, 잠자면서 방귀도 붕 ~ 뀌며, 서둘러 출근하면서 현관 화분도 깨뜨리는 모습으로… 어, 또 핸드폰을 놓고 갔네! 아니, 또 화장실 물을 안 내렸네! 으이구, 들어오기만 해봐라!!

# 손手

**사**람의 몸은 매일 자라는 머리카락부터 발톱까지 어느 것 하나 소중하지 않은 부분이 없다. 그 중에서도 손은 그 사람의 얼굴이며 살아온 역사이다. 태어날 때부터 예쁘고 고운 손을 가진 사람도 있겠지만 아무리 곱던 손이라도 나이 듦에 따라 자신의 삶을 이야기한다.

얼마 전 무용을 전공하는 조카의 지도교수 무용발표회에 초대받았다. 그 발표회를 소개하는 팸플릿에 그 교수, 그 어머니, 그 어머니의 어머니, 이렇게 삼대 세 여성의 손 사진이 있었다. 연륜을 느끼게 하는 쪼글쪼글한 주름투성이의 손은 딸만 낳아 시집에서 구박덩이였던 할머니의 삶을, 손톱이 닳고 닳은 투박한 손은 아들을 먼저 저 세상으로 보내고 평생을 죄인처럼 살았던 어머니의 삶을, 누가 봐도 고운 손은 유명한 무용가로 자신의 일에 열정적인 딸의 삶을 고스란히 우리에게 보여주고 있었다. 지금 그 무용가의 춤은 기억나지 않지만 세 사람의 손 사진만은 진한 감동으로 남아 있다.

몇 달 전에는 여러 가지 이유로 손을 자유롭게 쓰지 못해 입이나 발로 그림을 그리는 구족화가들의 작품 전시회를 관람할 기회가 있었다. 손이 불편한 그들의 작품은 놀라웠다. 군대 간 아들이 보낸 괴발개발 편지를 보면서 "발로 써도 이보다 낫겠다"며 컴퓨터 자판만 빨랐지 정작 글씨는 엉망인 아들 걱정을 하던 일이 떠올랐다. 구족화가들의 발도 우리네 발과 다르지 않았을 터이나 피나는 노력을 통해 지금은 내 아들의 손보다 훌륭한 기능을 하고 있었다. 인간의 가능성은 참으로 무한하다는 생각이 들었다. 이토록 무한한 손의 능력을 나는 과연 얼마나 제대로 사용하며 살고 있을까. 내 손에 대한 사랑과 의무를 다했는지 잠시 생각해 보았다.

중세시대 상대방에 서로 무기가 없음을 나타내기 위해 생긴 악수는 지금 가장 흔한 인사법으로 발전을 했다. 처음 만날 때는 서로 정중한 악수를 나누지만 서로 친한 관계로 발전하면 두 손을 마주잡고 어깨를 껴안고 포옹하며 보다 많은 친밀감을 나타낸다. 글씨를 쓰는 손은 아름답다. 소설의 대가이신 '박경리 선생'이나 '조정래 선생'은 펜으로 원고지에 글을 쓴다고 한다. 장편 소설을 수십 권씩 써낸 그분들의 손엔 분명 마디마다 옹이가 박혔을 것이다 그 대단한 손에

경의를 표한다.

　나이를 먹으면 얼굴에 책임지라는 말이 있다. 얼굴만 책임을 질 일이 아니고 손에도 책임을 져야겠다. 나의 일부분으로 함께 나이 먹어가는 손이지만 늘 사랑하고 아껴주고 싶다. 요즘 집안일을 하면서 번거로워 사용하지 않던 고무장갑을 애용한다.

　고무장갑이 정말 고마울 때가 있었다. 시어머니가 돌아가시기 전, 대변 조절이 잘 되지 않아 고생을 했다. 그때마다 속옷을 그냥 버릴까 빨아서 쓸까 고민이 되었다. 어머니께 정성을 다하는 마음으로 깨끗이 삶아 빨아 드렸다. 그때 고무장갑이 너무 고마웠다. 고무장갑을 발명한 사람이 누구인지 그 사람에게 감사의 말을 전하고 싶었다. 그 발명가도 손을 이용해서 고무장갑을 만들었을 것이다.

　멋쟁이들은 손톱을 길게 기르고 온갖 그림을 그려 멋을 내는 네일 아트를 한다. 그런 손이 예쁜 손일 수도 있지만 연륜에 따라 곱게 늙어가는 손이 더욱 예쁜 손으로 기억될 것 같다. 나의 손은 인류 문명을 바꿀만한 대단한 손은 아니지만 가족을 위해 따뜻한 저녁 식사를 마련하고, 이웃을 위해 봉사하는 예쁜 손으로 가꾸고 싶다. 문득 돌아가신 할머니 말씀이 생각난다. "죽으면 썩을 손, 아끼지 말고 부지런히 써라."

# 시간의 흐름은 그대로 내 곁에서 머물다

6월의 끝자락, 여고 동창생들과 일상 탈출을 감행했다. 행선지는 '캄보디아 앙코르와트' 4박 5일 떠나는데 나뿐만 아니라 주부라는 대단한 직업을 가진 모든 이들이 그렇듯이 집에 남은 가족을 위한 준비가 시작된다. 깔끔한 성격의 친구는 이불 세탁에 냉장고, 싱크대 정리까지 했다고 한다. 나도 집안 청소에 반찬 준비, 공과금 납부 등 이것저것 챙기고 나서야 내 여행 가방을 꾸리느라 출발 당일 아침까지 동동거렸다. 비행기 탑승 시간은 다가오는데 누룽지까지 챙겨 먹는 남편을 재촉하여 억지 배웅을 받고 공항을 향했다. 산뜻한 옷차림의 친구들과 해방을 맞은 민족이라도 된 듯 즐거운 마음으로 비행기에 올랐다.

도착지는 태국의 '돈 무앙' 공항, 서울에 없는 2층 버스가 우리를 맞아 주었다. 가이드는 태국에서 20년 넘게 살고 있다는 아저씨였다. 태국 땅에서 캄보디아의 국경을 걸어서 비무장지대JSA를 통과했다. 내국인과 외국인의 통로가 달랐는데 비로소 내가 여행객이자 외국인임이 실감났다. 아직은 낙후된 캄보디아는 수레와 오토바이가 주요 운송 수단이었다. 맨발에 리어카를 끄는 열 살도 안 돼 보이는 어린 아이들, 갓난아이를 가슴에 끌어안고 수레를 끄는 여인들. '원 달러, 원 달러'를 외치는 맨발의 아이들을 뒤로 하고, 우리나라에서 중고품으로 수출된 25인승 고물버스에 몸을 실었다.

이곳에서부터 앙코르와트가 있는 '시엠립'까지는 170㎞, 포장된 고속도로라면 두 시간 정도면 갈 수 있는 거리를 털털대는 버스로 다섯 시간 이상 달렸다. 비포장도로인데다 황톳길이어서 앞차가 만들어 내는 황토뭉게구름 속을 달렸다. 뒷좌석의 신혼부부와 젊은 언니들은 차가 덜컹거릴 때마다 으악! 으악! 하며 괴로운 비명을 지른다. 창틀이 잘 맞지 않는 자동차의 고장 난 에어컨은 시원한 바람 대신 황토 바람을 선물했다. 덕분에 온몸에 황토 마사지를 했다. 빼빼 마른 날씬한 소 떼들, 메뚜기를 잡기 위해 쳐 놓은 덫, 휘발유를 페트병에 담아 파는 노점상, 지평선이 보이는 넓디넓은 논과 벼, 빗물받이용 커다란 항아리 등은 색다른 풍경이었다.

37개의 크고 작은 다리를 지나가던 중, 드디어 가이드의 걱정이 현실로 나타났다. 시원찮은 나무다리 하나가 무너져 내린 것이다. 처음부터 차선이 있는 것도 아니고 교통경찰이나 긴급 구조를 기대할 수 없는 상황이었기에 우리는 신발을 벗고 맨발에 진짜 머드팩을 하며 논두렁을 건넜다.

이튿날 찾은 '앙코르와트'는 그 예술성과 웅장함에 그야말로 뷰티풀 원더풀! 탄성이 저절로 나왔다. 영화 '킬링필드'에서 보았듯이 폴포트 정권의 대학살과 수탈, 수많은 외세의 침략과 내전 등으로 기억되는 나라가 캄보디아다. 그러나 지금은 세계 최고의 유적지로 연간 50만 명의 관광객이 이곳을 찾는다고 한다. 자국민에게도 잊혀졌던 이곳을 발견한 것은 1868년 프랑스의 탐험가 '헨리모하트'였다. 국기와 화폐(리엘), 심지어 맥주에까지 '앙코르'라는 상표를 붙이고 있을 정도로 앙코르와트는 캄보디아의 자랑이자 자존심이 되었다.

'수리야 바르만 2세'의 무덤인 이곳은 오랜 세월 동안 사람들에게 많은 것을 내보여 훼손된 부분도 많지만, 한 때 동남아를 지배했던 '크메르 제국 앙코르 왕조'의 영화를 엿볼 수 있었다. 회랑 벽 부조의 섬세한 표현, 돌로 꾸민 우물, 화려한 십자형 수랑과 탑, 75도 경사진 가파른 계단, 미묘한 불사의 미소 속에 다시 한 번 무아지경에 빠져본다. 정면에서 보면 3개, 옆에서 보면 5개, 물에 비추어 보면 10개의 연꽃 모양의 탑은 앙코르와트의 상징이다. 또한 앙코르 톰(도성) 내부에 바이온, 바푼, 피미키아, 코끼리 테라스, 문둥왕 테라스의 그 어마 어마한 규모에 절로 입이 벌어졌다. 8만 명의 사람이 3천 개의 마을 을 이루고 살았다는 '따쁘롬' 사원은 무너진 담벼락과 지붕을 거대 한 나무뿌리가 받치고 서 있는 것인지, 무너뜨리고 있는 것인지 자연 의 위대함에 놀랄 뿐이었다.

'톤레삽' 호수 수상마을은 10만 인구가 산다는데 가는 길 양쪽으 로는 나뭇가지들이 긴 팔을 벌리고 서 있어 여행객들은 괴로운 환영 을 받았다. 비가 오면 길이 없어지고 질척거려 버스가 들어가지 못해 트랙터를 타고 간 오지 탐험이었다. 천지 사방을 둘러보아도 수평선 이 보이는 진한 흙탕물의 거대한 호수였다. 그곳에서 본 '대구 칠곡 선상교회'와 'GS편의점' 간판은 한국의 위상을 다시 한 번 생각하게 했다. 진한 황토빛 호수 위로 쪽배를 저어 하교하는 어린 아이들의 모습과 하늘을 온통 붉은빛으로 불들인 장엄한 낙조는 신만이 그릴 수 있는 한편의 그림이었다.

생활 만족도 세계 1위라는 '톤레삽' 호수 수상족들의 여유로움, 맨 발에 다 헤진 옷가지 속의 고단함, 관광객인 우리를 위해서 '코끼리 아저씨' 노래를 한국어로 불러주는 서비스가 공존하는 곳. 가이드까 지 입장료를 받지만 자국민에게는 무료입장을 허용하는 앙코르와트 의 나라 캄보디아는 4백 년 동안 지구상에서 사라졌던 불가사의한 역사를 가진 나라이다. 그 신비한 시간의 흐름 속에 나는 누구이며 존재의 이유는 무엇일까 하는 물음 속에서 나 자신이 하나의 소중한 개체임을 깨닫게 해주었다. 귀국길 새벽 1시의 방콕 공항은 입추의 여지가 없었다. 그러나 아침 일찍 도착한 인천 공항은 너무나 썰렁했다. 인천 공항이 아시아의 허브로 제 몫을 다하지 못하는 것 같아 속상했다.

내 마음처럼 서울에는 장맛비가 내리고 있었다. 그곳 캄보디아 하늘에도 비가 내리고 있지 않을까?

날마다 문 닫는 박물관

# 불은 켜지 마셔요

"프란치스코 형제님 안녕하셔요, 저는 엘리사벳입니다. 짝꿍이 되어 반갑습니다." 버스 안에서 우리의 만남은 이렇게 시작되었다. 큰 글씨의 이름표로 서로의 이름을 금방 알아볼 수 있었지만, 내 이름표는 상대방에게 읽힐 수 없는 이름표였다. 내 짝꿍 프란치스코 형제님은 시각장애인이기 때문이다. 성당에서 장애아, 무의탁 할머님들과 제주도 여행을 다녀온 경험도 있고, 여러 시설에서 장애인들을 만나볼 기회가 많았기에 이번 시각장애인과 함께하는 소록도 여행 프로그램에 망설임 없이 도우미로 참가했다. K 형제님처럼 모든 경비를 부담하는 분, 행사계획을 세우고 차량섭외, 숙소예약, 간식과 선물준비 등 모든 일을 앞장서서 하는 P, Y 자매님들도 있는데 1박 2일 일정의 도우미는 일도 아니었다.

버스 출발을 시작으로 흰 지팡이와 함께하는 시각장애인 도우미 역할이 시작되었다. 휴게소에서 화장실에 갈 때는 내 팔꿈치를 빌리고 계단이나 장애물 앞에서 잠시 멈추어 서면 형제님은 흰 지팡이로 툭툭 치며 장애물을 피했다. 흰 지팡이 다루는 솜씨가 어찌나 자연스러운지 혹시 형제님이 시력이 있는 건 아닌지 의심스러울 지경이었다. 간식과 식사는 젓가락을 같이 쥐고 반찬 설명을 했다. 프란치스코 형제님은 발달된 촉각과 후각으로 눈이 보이는 나보다 더 깔끔한 식사를 했다. 반찬이며 밥과 국, 떡고물 한 점 흘리지 않았다. 오히려 내가 밥풀을 흘리고 김칫국물을 옷자락에 묻히는 주접을 떨어 민망했다.

길을 걸을 때는 주변 경치를 설명했다. "이곳은 철쭉이 피어 있고, 저 쪽은 마늘 밭이 있습니다."라고 하면 형제님은 꽃을 향해 "와! 꽃향기가 너무 좋습니다. 마늘종은 새우와 함께 볶아 먹으면 참 맛있지요" 한다. 저녁노을의 아름다움과 이른 아침 해 뜨는 모습도 같이 보며 함께 지내다 보니 서로 서먹한 감정이 사라지고 오랜만에 만난 외삼촌처럼 친근해졌다. 저녁 식사 후 오락시간에는 서로 손을 잡고 "사랑은 아무나 하나" 노래도 불렀다. 나는 노래방 기계의 가사를 보느라 쩔쩔 매는데 그분은 마음의 눈을 밝혀 여유 있게 노래했다. 숙소로 안내를 하면서 "방이 어두우니 조심하세요, 불을 켜 드릴게요"

하며 스위치를 찾았더니 형제님은 "자매님, 불은 켜지 마세요 전기세만 나갑니다. 우리는 불을 켜나 마나 똑같거든요" 하며 껄껄 웃었다. 이분이 자신의 장애를 이해와 용서로 받아들인 긴 시간 동안 얼마나 많은 갈등을 겪었을까 생각하니 순간 가슴이 먹먹했다.

누구나 어두우면 켜는 전등을 켤 필요가 없다며 웃음으로 대해 준 형제님을 위해 마음을 다해 봉사하고 좀 더 그들의 눈높이를 이해하고자 다짐을 했다. 낮 시간에 자신의 불행했던 과거 이야기며, 한 달에 한 번 찾아오는 딸내미가 너무나 그립고 보고 싶지만 만나기만 하면 꼭 울려서 보낸다며 못난 아비임을 얘기할 때는 눈가에 이슬이 맺혔다.

65세로 30년 전 사고로 시력을 잃었고 자살 기도를 3번이나 했지만, 이렇게 살아 있는 것이 자매님을 만나려고 그런 모양이라며 농담도 했다. 처음 만났지만 이렇게 마음의 문을 활짝 열 수 있는 형제님의 내공에 놀라고 내 키와 나이를 정확히 맞혀서 놀랐다. 그렇게 소록도의 밤은 깊어갔다.

다음날 유쾌한 마음 여행은 성당 미사로 이어졌다. 미사는 그곳에 살고 있는 한센병 환우들과 신부님, 수녀님 두 분, 시각 장애인, 우리 도우미들이 함께 했다. 미사 중 신부님의 강론이 끝날 무렵 "평화를 빕니다" 하며 주변 분들과 인사를 나눈다. 무심코 앞자리의 교우와 손을 잡았다. 그분의 손은 손가락이 거의 없고 손바닥만 있는 뭉툭한 손이었다. 순간 가슴이 서늘했다. 아무런 편견 없이 그분들을 대하리라는 결심은 어디가고… 주저하는 마음을 들켜버린 나는 종일 회개의 눈물을 흘려야 했다. 짝꿍이 프란치스코 형제님에게 내 마음을 보인 것 같아 정말 죄송했다.

미사 후 커다란 후박나무 아래서 나눔의 시간이 있었다. 시각장애인 대표 회장님의 인사말은 아주 감동이었다. "저는 영혼의 눈을 가졌답니다. 지저분한 세상을 보지 못해 행복합니다. 여러분이 보시다시피 저는 미남입니다. 그러나 저를 도와주시는 자매님에게 예쁘게 보이고 싶어 새벽같이 일어나 세수를 했답니다. 이름도 모르고 얼굴도 모르는 여러분들의 환대에 진심으로 감사드립니다. 서로 다른 장애를 가졌지만 이렇게 마음을 나누고 서로를 마음속 깊이 이해하는 시간이 정말 감사합니다." 짧지만 감동 가득한 인사말은 많은 박수를 받았다.

소록도 회장님은 답사로 "원하지 않은 병으로 외로운 삶을 살고 있으나 여러분들이 이렇게 찾아주시니 슬프지도 괴롭지도 않고 너무나 감사하다"고 했다. 뭉툭한 손들과 보이지 않은 눈들이 서로 마음을 나누고 있는 그 시간 신비한 향기가 장구소리 기타소리와 어울려 성당 앞마당을 감싸고 있었다. 시각 장애인과 한센병 환자였던 그분들은 자신에게 주어진 삶을 아름답게 승화시키며 살아가고 있었다. 남의 불행 앞에 내 행복을 챙기는 것 같은 좁은 소견을 프란치스코 형제님이 금방 읽어낸다. "자매님 이곳에 처음 오시면 다 그래요. 저도 지금 세 번째 방문인데 첫 방문 때는 비록 앞을 보지 못하는 처지였지만 저 분들 병을 내가 앓지 않음에 감사의 눈물을 흘렸답니다. 장님 주제에 남에게 위로 받고 울다니 얼마나 이기적이고 한심합니까. 그러나 지금은 진심으로 그분들을 위로하고 같이 아파합니다. 사람들은 인생이 본인이 노력하면 원하는 대로 살 수 있다고 하지만, 병이 나는 것을 그 누가 원합니까. 그저 신의 계획표대로 살면서 큰 소리치고 있지요, 허허허!' 그분의 웃음은 나를 또 한 번 뒤돌아보게 했다.

땅에 구르는 돌도 매끄럽거나 거칠거나 크고 작은 각자의 모양새로 존재한다. 사람의 삶도 각자의 몫이 있다. 주어진 처지에 감사하기까지의 치열한 인내 또한 각자의 몫이라 생각한다. 요즈음 당뇨병 합병증이나 호르몬장애로 시각장애 발생 빈도가 높다고 한다. 흰 지팡이와 함께 하는 그들을 편견이나 동정으로 바라보지 말고 행여 그들이 도움을 청하면 기꺼이 팔을 내어주는 열린 마음을 가져야겠다. 또한 한센병 환자들에 대한 편견을 버리고 그곳에서 일 했던 많은 의사, 간호사, 성직자들에게 존경을 담아 박수를 보낸다. 돌아오는 길

소록도 중앙공원 넓은 바위에 새겨진 시인 한하운의 '보리피리' 싯귀가 뒤를 자꾸 돌아보게 한다.

보리피리 불며 봄 언덕
고향 그리워 피—ㄹ 닐니리
보리피리 불며 꽃 청산
어린 때 그리워 피—ㄹ 닐니리
보리피리 불며 인환人還의 거리
인간사 그리워 피—ㄹ 닐니리
보리피리 불며 방랑의 기산하幾山河
눈물의 언덕을 지나 피—ㄹ 닐니리

# 순교 준비

흑백 사진만 찍었던 뻣뻣한 두 개의 홍채
꽃들의 아우성과 대숲의 울음을
일흔 번이나 무시한 귀
낯선 노랫말이 꼭 다문 입술 사이에 걸리고
손톱과 발톱을 찾아 나선 손과 발은
푸석한 옥수수 줄기에서 빠져나간 몸무게를 기다렸다

전쟁은 참혹했다
두 손 묶여 끌려간 남편
막내는 빈 젖을 물고 울었고
여섯 자식은 배가 고파 울었다

서예 시간 연습지로 쓰던 습자지가
외할머니 손등에 내려 앉아 있다

105년 동안
얼마나 씻고 또 씻었는지 말갛다

붉은 피를 가둔 핏줄은
오래전에 순교 준비를 끝내고
망나니의 칼춤을 기다리고 있다

**제 2 부**

# 이보다 더
# 좋을 순 없다

# 480쪽 40년 전통

**사**소한 물건도 버리지 못하고 모으는 습관이 있다. 1977년 결혼하면서 써온 가계부 40권, 10권이 넘는 앨범과 우표책, 88올림픽 기념주화를 비롯한 각국 나라의 지폐와 동전, 수백 개의 작은 성냥갑, 두 아이의 초등학교 성적표와 공책… 그 중에서 가장 소중하게 여기는 것은 남편의 월급봉투다.

와이셔츠 상자에 얌전히 보관된 월급봉투는 누렇게 빛바랜 채 1, 2, 3… 0 숫자무늬를 새긴 모습으로 정리되어 있다. 결혼 후 한 달도 거르지 않고 모은 월급봉투는 남편의 수고를 존중하고 먼 훗날, 좋은 추억이 될 수 있을 것 같아 차곡차곡 모았다.

상자 속의 맨 밑바닥에는 1977년 11월의 봉투가 잠자고 있다. 차례로 잠을 깨워 본다. 손 글씨로 받는 이의 이름과 숫자가 쓰인 봉투는 차인수령액이 '109,582원'이다. 봉투들은 84년까지는 누런 봉투 형식이다. 85년부터는 한 장짜리 갱지 명세표로 되어 있다. 그 뒤 86년~90년까지는 '개인 급여 명세서'라는 제목으로 하얀 종이에 손 글씨가 아닌 타자기로 찍혀 있다. 91년~ 93년 5월까지 2년간은 또 다시 손 글씨로 돌아간 것을 보면 그때까지 봉급체계 전산화 작업이 완벽하지 않았음을 알 수 있다.

드디어 93년 6월부터 '보수 지급 명세서'라는 제목이 등장한다. 컴퓨터로 찍힌 깔끔한 글씨체가 돋보이는데, 세로 형식에서 가로 형식으로 바뀐 명세표는 '내가 아낀 종이 한 장, 늘어나는 나라 살림'이라는 표어가 적혀 있다. 종이 한 장이라도 아껴 쓰는 시대상을 알 수 있어 흥미롭다.

1993년 이후 한 장짜리 명세서는 온라인 시대의 시작으로 10원짜리까지 몽땅 통장으로 입금되는 편리함을 주는 대신 월급쟁이 남편들에게는 수난시대의 시작을 알리는 신호탄이었다. 이전에는 아이들 간식으로 통닭을 사거나, 아내 몰래 부모님께 용돈을 드리고, 친구들과의 술값 등으로 축을 냈어도, 월급날만은 부족한 대로 호기롭게 아내에게 봉투를 내밀 수 있었다. 그러나 이젠 몽땅 통장 입금이니… 남편은 명세서를 살피며 용돈을 좀 더 얻을 궁리를 했고 나는 확실한 경제권을 장악하게 되어 어깨에 힘을 주게 되었다.

요즈음 유행어로 '조물주 위에 건물주' 라는 말이 있다. 부자 아버지의 빌딩 관리하면서 편하게 살고 싶은 로망이 깔려 있어서 웃고 넘기기에는 씁쓸하다. 그러나 대부분의 사람들은 경제활동을 해서 돈을 벌어서 쓴다. 자영업을 하는 사람, 큰 사업을 해서 많은 사람에게 월급을 주는 사람, 회사나 나라에서 월급을 받는 사람, 나름대로 돈을 버는 방법이 다르다. 나는 결혼 후 돈을 벌어본 적이 없다. 월급쟁이의 아내로 살아오면서 남편이 사업을 하는 친구를 부러워한 적이 많았다. 자로 잰 듯한 빠듯한 삶을 사는데 그들의 씀씀이는 여유로워 매사에 쫀쫀한 나와는 비교가 되지 않았기 때문이다.

결혼 후 처음으로 남편이 봉급을 내밀었을 때 기억이 새롭다. 신혼 초 그 적은 봉급에서 11,720원씩 5년 적금을 부어 딸아이 피아노를 사주었고, 매달 10만원씩 재형저축을 들어 결혼 8년 만에 13평짜리 내 집을 갖게 된 감격은 지금도 잊을 수 없는 눈물겨운 추억이다. 월급쟁이 아내답게 살아온 세월이 월급봉투 속에서 도란거린다.

일 년에 12장씩 480장의 월급봉투가 모아졌다. 지금까지 한 달도 빠뜨리지 않고 모았다. 월급을 받아오는 주체는 남편이었지만 그 월급으로 알뜰살뜰 살림하는 사람은 나였다. 평생 월급을 받아 고스란히 아내에게 헌납한 남편에게, 월급쟁이 아내로 살아온 지난 세월에게 감사한다.

살림 형편은 늘 부족한 듯 했으나 작고 소박한 마음의 여유는 있었다. 상자 속 봉투들을 연도별로 정리를 했다. "김00 엮음 480쪽 40년 전통" 기록물이 완성되었다. 대단한 다큐멘터리 기록물은 아니지만 한 개인의, 한 가족의 역사가 그곳에서 숨 쉬고 있다.

퇴직한 남편은 이제 월급봉투가 없다.

# 초침은 부지런히 달린다

두어 달 전 면허증 갱신 통보가 왔다. 미루고 미루다가 과태료를 물기 직전에야 면허시험장을 찾았다. 언제나 면허시험장은 많은 사람들로 북적거렸다. 신규 면허증을 발급받아 싱글벙글 면허증을 보고 또 보는 사람들을 보니, 30년 전 면허증을 처음 땄던 때가 생각나서 슬며시 웃음이 나왔다. 누구나 한번쯤 겪게 되는 운전면허 시험에는 각자의 사연이 있다. 1987년 당시에 나는 필기시험에서 당당하게 98점을 받아 전체 수험자들에게 박수를 받았다. 100점 받은 사람이 없어 최고점인 내 또래 여성과 함께 박수를 받고 보니 의기양양해져서 이후의 실기시험에서 코스와 주행시험은 단박에 붙을 것 같았다. 그러나 실제로는 코스에서 두 번이나 떨어지고, 세 번째에서야 겨우 코스와 주행시험을 합격할 수 있었다. 두 번이나 시험에 탈락하고 보니 새해 소망으로 실기시험 합격을 기원할 정도로 절실한 마음이었다. 엄청 추웠던 그해 겨울, 벌벌 떨면서 면허 시험장에 들락거린 기억이 새롭다.

필기대에 가서 서류를 꾸미고 사진을 붙이고, 수입 증지를 사려고 보니 접수처는 면허증을 잃어버려 재교부를 받는 사람들, 갱신면허증을 받으려는 사람들이 긴 줄로 장사진을 이루고 있었다. 수입증지를 사는 데에도 별의별 사람들이 있었다. 그냥 현금을 내는 사람도 많았지만, 내 앞에 섰던 청년은 6,000원을 계산하면서 결제 중지된 카드를 가지고 한참 실랑이를 벌였다. 또 10만원 수표를 내면서 뒷면에 이서를 하지 않겠다고 막무가내인 사람도 있었다. 줄을 잘못 섰구나 싶어 짜증이 났다.

실은 이미 면허시험장에 주차를 하면서 한바탕 화가 났다. 주차 자리가 없어 두 바퀴째 돌고 있었다. 마침 자리가 하나 비었다. 내가 후진 주차를 하려고 차를 앞으로 빼고 있는데 아니! 어떤 인사가 슉~ 하고 내가 주차하려는 자리에 얌체처럼 차를 대는 것이 아닌가! 화가 나서 따졌다. 내가 주차하려고 깜박이를 켜고 후진하는데 부딪치면 어쩌려고 그러냐고 언성을 높이자 저쪽 운전자가 "여기가 아줌마 전용 주차장이야?" 반말에 재수 없다며 침까지 퉤 뱉는다. 나도 한 성질 부려보려고 했는데 한 마디만 더하면 쌍욕이 나올 것 같아 한 발짝 물러섰다. 그쪽 운전자 모습이 우리가 흔히 말하는 깍두기 오빠였기 때문이었다. 그리고 나니 분기가 탱천해서 온 몸이 부들부들 떨리고 무서웠다. 아이고 분해라.

일단 접수를 끝내니 잠시 기다리라고 했다. 기다리면서 내가 면허 선배로서 남편을 운전 제자로 두었던 때가 생각났다. 남편은 선생님 인 내 말을 안 듣고 공부를 소홀히 하더니 필기시험 30회 문제집을 겨우 5회까지 풀고 시험을 치르러 갔었다. 그런데 웬일로 당연히 떨 어질 줄 알았던 필기시험에서 딱 커트라인인 70점을 받아 철썩 붙더 니 그날로 코스, 주행시험을 한 번에 다 붙어왔다. 남편의 으스대는 교만은 하늘을 찔렀는데 느릿한 충청도 양반 성격과 다르게 지금도 운전솜씨가 거친 편이다. 아무래도 운전면허는 여러 번 불합격 고배 를 마시고 겸손한 마음으로 합격을 해야 운전을 하는 태도도 겸손해 지는 것이 아닐까 싶다.

사법고시 패스를 한 조카가 있는데 운전면허를 필기, 코스 도합 5 번 만에 붙었다. 조카는 평소 원하는 시험에 떨어져본 적이 없었는데 정작 운전면허 시험에는 겁먹고 쩔쩔맸다고 했다. 지금도 그 조카의 운전면허증은 10년 무사고 장롱 면허증이다. 운전을 안 하는 이유는 대중교통을 이용하면서 생각하는 사람이 되려고 그런다나.

아들과 딸도 면허 시험의 에피소드가 있다. 방학 때 같이 면허를 따겠다며 나란히 가서 시험 신청을 하고 온 두 녀석이, 딸내미는 연습장도 안 다니고 시뮬레이션 연습으로 척척 한 번에 합격한 반면, 당초 제 누나를 지도 편달해 주겠다며 나섰던 아들은 필기, 코스, 주행 도합 7번의 불합격으로 너 이상 수험표에 '증지'를 붙일 자리가 없을 지경이 되어 '가문의 수치'라며 식구들의 놀림을 받았다.

기다린 지 30분 만에 새 면허증을 받았다. 처음 면허증을 받았을 때 처럼 기분이 좋았다. 면허증을 살펴보니 갱신이 10년 후인 2018년이었다. 와, 2018년이라니. 그때 내 나이 65세인데. 면허증을 갱신할 필요가 있을까? 또 갱신한다면 75세까지 운전을 할 수 있을까? 여기까지 생각이 미치니 갑자기 새 면허증의 내 얼굴이 슬퍼 보였다. 10년 후의 내 모습은 어떤 모습일까. 이 세상에 존재 유무까지 비약되는 마음은 작년에 돌아가신 아버님 때문일까. 반짝반짝 빛나는 새 면허증을 받아든 내 마음은 방금 주차문제로 마음이 상했던 깍두기 오빠나 수입증지 사면서 카드 수납으로 시간을 지체했던 청년이 나보다 훨씬 나이가 적음에 용서가 되었다. "너희도 내 나이 되어 봐라." 늘 어른들이 하시던 그 말씀의 의미를 너희가 어찌 알겠는가. 그래 나도 이제야 겨우 눈치 챘단다. 지금도 째깍째깍 초침은 부지런히 달린다.

# 영웅이 아니면 어떠리

남편과 함께 모건 프리먼과 잭 니콜슨 주연의 「버킷 리스트」 영화를 보았다. '죽기 전에 꼭 해보고 싶은 목록'을 적어 소중하게 간직하고 있던 주인공 모건 프리먼은 자신이 불치병에 걸렸다는 사실을 알게 된 후 메모를 버리게 된다. 그 메모를 옆 침대 환자인 잭 니콜슨이 우연히 줍게 되면서 이야기는 시작된다.

병원장으로 돈은 많지만 찾아오는 가족 하나 없이 쓸쓸한 잭은, 모건에게 소원을 같이 이루어보자며 격려한다. 잭은 한 잔에 몇 십만 원 하는 루왁 커피를 마시는 것을 최고의 가치로 여기지만, 소박한 모건은 퀴즈 프로를 보면서 답을 맞춰가는 것이 삶의 큰 즐거움이다.

이렇게 성향은 다르지만 이제 나이 들고 남은 시간이 없어서 행동으로 옮기지 못한 일들을 두 사람이 서로 격려도 하고 티격태격 싸워도 가면서 하나씩 이루어 나간다. 세계 여행과 히말라야 등정, 행글라이더 타기 등 두 노인의 유쾌 발랄한 리스트 지우기 여정을 보며 많은 공감을 했다. 특히 잭의 호화로운 목욕탕에서 퀴즈 프로를 보며 즐거워하는 모건을 보며 내가 대신 모건의 꿈을 이루어주고 싶다는 생각이 들었다.

나도 텔레비전의 퀴즈 프로그램 보는 것을 좋아한다. 아는 문제를 맞히면서 '안방 퀴즈 영웅'도 되어보았고, 모르는 문제는 새롭게 배워가는 재미가 있어 좋아하는 취미였고 그리고 한번 쯤 직접 퀴즈쇼에 출연을 해보고 싶은 소망이 있었기 때문이었다.

우리의 버킷 리스트에는 무엇을 채워나갈까? 남편과 함께 우리만의 리스트를 만들어 보았다. 소박한 모건처럼 딸 아들 시집장가 보내기, 손자 손녀 보아서 할아버지 할머니 되어 보기 등을 적어나갔다. 또 각자의 소망을 적어보았다. 나는 회갑 때 내 이름으로 된 책 한 권 만들기, 오래도록 소망했던 퀴즈 프로그램에 출연하기, 아프리카와 남극여행을 리스트에 적었다. 그런데 그해가 지나지 않아 신기하게 소원들이 하나씩 이루어졌다. 절대 시집 안 간다고 우기던 딸이 결혼을 해서 사위를 보았고, 손녀딸도 생겨 할머니가 되었다.

그리고 그동안 퀴즈 프로그램의 예심을 틈틈이 네 번이나 보았는데 출연이 확정되었다는 방송국의 연락이 왔다. "소해경 씨 맞습니까? 저는 KBS 작가 ○○○입니다. 「퀴즈 대한민국」에 출연하게 되어 알려드립니다." "네? 정말이에요?" 드디어 모건과 나의 소원이 이루어지는 순간이었다.

친절한 작가는 메일로 안내장과 질문지를 보내주었다. 질문지에는 수십 개의 질문이 빼곡했다. 출연 동기는? 만약 상금을 탄다면 무엇을 하고 싶은지? 가족관계는? 남편과는 어떻게 결혼했는가? 별명은? 인생의 좌우명은? 퀴즈 중간에 있을 짤막한 인터뷰를 위해 이렇게 많은 준비를 하는구나 싶어 질문지에 이런저런 답을 열심히 채워나가는 동안 나의 삶을 새롭게 돌아보게 되었다.

그러나 녹화 일까지는 불과 일주일, 꼭 한 번 해보고 싶은 도전의 기회가 눈앞에 펼쳐졌는데 막상 출연 결정이 되자 걱정이 앞섰다. 맨처음 탈락하여 망신을 사면 어쩌나, 공부를 어디서부터 어떻게 해야 하나 머릿속이 복잡해졌다. 하루하루 날이 갈수록 괜히 신청을 했나 슬며시 후회가 밀려오기도 하였다.

퀴즈 범위라도 알아보려고 슬그머니 작가에게 물어봤더니 "아유~ 유도 질문 하시네요, 그냥 최근 신문 열심히 보세요."라고 답한다. 그래도 내가 삼십 년 동안 매일 아침 화장실에서 조간신문을 탐독한 기본기가 있으니 예심을 통과했겠지, 안방에서는 최종 문제도 여러 번 맞췄는데… 스스로 격려하며 자신감을 갖고 목표를 일단 '일대 일 대결' 단계까지 진출하는 것으로 공부를 시작했다. 딸내미는 한 뼘 두께의 시사상식 책을 몇 권씩 사와서 공부 도우미가 되었고 남편은 상금 많이 타서 '삼식이 아저씨'인 자신과 나눠 쓰자며 청소 도우미를 자처했다. 머리는 굳어서 생소한 단어 한 번 외우는데 삼십 번을 적어가며 외웠고, 살림 하랴 손녀딸 보랴 바쁜 틈틈이 신문을 오려 붙여 가며 공부를 했다.

드디어 녹화일, 오후 2시부터 녹화 시작이지만 오전에 방송국에 도착해야 했다. 방송국에 구경은 와 보았지만 실제 출연하는 것은 처음이었다. 분장실에서 함께 출연하는 6명이 서로의 성별만 알고 출신성분은 모른 채 딸 결혼식 때 신부 어머니처럼 고운 분장을 받았다. 방송국 측에서 의상도 제공했지만 너무 화려한 것 같아 그냥 내 옷을 입기로 했다. 출연진 중에 나이가 가장 많은 것 같아 순발력이 필요한 퀴즈 문제가 걱정 되었다.

드디어 수백 개의 조명이 반겨주는 녹화장에서 리허설이 시작되었다. 생각보다 녹화장이 넓지 않고 세트도 화려하지 않았다. 이런 세트도 조명과 카메라의 힘으로 텔레비전에 나올 때는 그렇게 멋지게 나왔던 것이다. 새삼 카메라의 힘을 느끼고 자리를 배치 받았다. 기술팀의 준비가 계속되었다. 그 많은 전구를 하나하나 각도를 맞추는 조명팀, 마이크 조작과 음향을 점검하는 음향팀, 각각의 카메라를 조정하는 카메라팀, 문제를 읽어주는 진행팀, 작가, PD 등 수많은 스텝의 수고가 피부로 느껴졌다. 몇 번이나 마이크 시험과 자세 교정을 받고 나니 드디어 MC가 녹화장에 나왔다. 응원하러 와준 가족들과도 인사를 나눴다. 그리고 문제풀이 리허설이 시작되었다. 지난 주 문제 연습이어서 차분하게 맞추고 나니까 자신감이 좀 붙었다.

"이제 진짜입니다." 리허설을 마친 MC가 이렇게 말하자 다시 바짝 긴장이 되었다. 카메라가 돌아가고 펑펑 효과음이 터지자 머릿속이 하얘졌다. 얼굴은 웃고 있었지만 다리는 덜덜 떨리고 있었다. 무슨 문제를 어떻게 답을 했는지도 모르겠는데 1단계가 끝났다고 잠시 쉬는 시간을 주었다. 긴장이 풀린 출연자들이 바닥에 주저앉아 물을 마셨다. 각자 번호를 눌러 답을 맞히는 2단계까지는 내가 1등이었다. 그러나 버저를 빨리 누르는 사람이 답을 맞히는 3단계에서는 한 문제도 맞히지 못하고 말았다. 내가 답을 말하려 버저를 누르기 직전 다른 출연자가 이미 답을 말했다. 역시 순발력이 뒤쳐졌다. 간신히 4단계까지 올라갔으나 머릿속으로 생각한 답과 다른 답이 입으로 나왔다. 너무 쉬운 문제도 못 맞춰서 쌀도 못 받게 되었다. 속상해 울고 싶었다. 결국 목표로 했던 '일대 일 대결' 단계까지 못 올라가고 중간 단계에서 탈락하였다.

녹화가 끝나고 나니 비록 목표 단계까지는 못 갔지만 힘든 숙제를 한 것처럼 홀가분했다. 온 가족이 총 출동하고, 생후 두 달 된 신생아 손녀딸까지 응원을 와줘서 고맙고 즐거웠다. 방송 날짜가 기다려졌다. 편집이 어떻게 되었을까 궁금했다. 내일이 방송일인데 후배에게 문자가 왔다. 예고편에서 잠깐 봤다며 혹시 퀴즈 프로그램에 나오냐고 물었다. 방송의 위력을 실감했다. 드디어 방송일, 이미 녹화된 방송이라 결과를 알고 있었지만 녹화 때 만큼 가슴이 콩닥콩닥했다. 방송이 시작되자마자 핸드폰이 울리기 시작한다. 집전화도 울리기 시작한다. 남편 얼굴이 잠깐 화면에 비치자 남편 전화벨까지 울린다. 여기저기서 걸려온 전화를 받느라 정작 본 방송은 제대로 보지도 못했다. "진짜 너 맞냐" "예쁘게 나온다" "내가 출연한 것처럼 손에 땀이 난다" "왜 그리 쉬운 문제를 틀렸냐"는 등 이런저런 참견과 관심을 받고 보니 밥을 먹지 않아도 배가 불렀다.

퀴즈대회 영웅이 아니면 어떠리. 영웅이 되었다고 삶이 달라지진 않을 것이다. 나는 운 좋게 본 방송에 출연했지만 예심에서 탈락한 사람이라고 실력이 모자라거나 영웅보다 못한 사람은 아니다. 퀴즈 프로의 문제가 전문적이고 깊이 있는 사고를 요하는 것도 아니고, 퀴즈 점수 몇 점이 그 사람의 진정한 지식이나 인격을 반영하는 것도 아니기 때문이다. 다만 집에서 편하게 텔레비전을 보면서 "저 사람은 저 쉬운 문제도 못 맞히면서 나왔냐" 타박하는 '안방 퀴즈 영웅'은 누구나 될 수 있지만 직접 용기를 내어 예심을 보고 여러 과정을 거쳐 출연까지 하기란 쉬운 일은 아니었다.

지금도 예심을 보러 몰려드는 많은 도전자들에게 박수를 보낸다. 어찌 보면 무모해 보이는 도전에 열정을 가지고 매달렸던 내 자신에게도 박수를 보낸다. 추억은 소중하고 아름답다. 예쁜 추억 하나 저금했다. 최연소 방청객 손녀 윤하가 자라면 저금한 추억을 꺼내어 보여주리라. 하고 싶은 일을 다 하며 살 수는 없지만 이렇게 노력을 하니 소망이 이루어졌다. 비록 영화 속에서지만 이렇게 퀴즈 프로그램에 도전할 수 있는 용기를 준 모건 프리먼에게도 감사하며 나의 버킷 리스트 중의 또 한 줄을 이렇게 지운다.

# 이보다 더 좋을 순 없다

엘리베이터 안에서 이웃집 며느리가 인사를 한다. 세 살배기 아이한테도 "할머니께 인사 드려야지" 한다. 아이가 배꼽 인사를 한다. 꼬마 신사 귀여운 아기의 인사 모습은 너무나 예쁘다. 그러나 엘리베이터에서 내린 나는 이내 입을 삐죽인다. "뭐? 내가 할머니라고? 어딜 봐서 내가 할머니야?"

음식점에서 식사를 하는데 옆 식탁에 젊은 부부가 아이와 함께 왔다. 예쁜 여자아이가 인사성도 밝다. 처음 보는 나한테 아이 엄마가 시키지도 않았는데 인사를 한다. "함니, 안농하서요" 아이 엄마가 요즘 한창 말을 배우는 중이라고 한다. 귀여운 모습에 같이 인사하고 칭찬은 했지만 집에 돌아오는 길이 영 찜찜하다. 아이들이 보는 눈높이에 나는 영락없이 할머니인가보다. 그러나 강력히 부인하고 싶다.

날마다 문 닫는 박물관

난 아직 할머니가 아니야. 이렇게 젊고 예쁜 할머니 봤니?

4월 온천지에 꽃들이 다투어 피던 날, 나는 진짜 할머니가 되었다. 딸이 딸을 낳아서 외할머니가 되었다. 병원에서 며칠 있다가 산후조리원에 간다는 것을 부득불 집으로 데려왔다. 하나 있는 딸내미 산후조리를 내 손으로 해주고 싶었다. 아기가 집으로 오던 날, 우리 부부는 풍선과 리본으로 축하이벤트를 준비했다. 여러 모양의 풍선을 사다가 볼이 미어져라 불다 보니 머리가 띵 했다. 딸이 쓰던 풍선 부는 기구가 집안 어딘가 있을 텐데 비밀 이벤트라 물어볼 수가 없었다. 토끼모양, 하트모양 풍선, 기다란 완두콩 모양, 종류별로 구색을 갖추었다. 현관과 아기와 딸이 머물 방을 풍선과 리본으로 장식을 하고 나니 근사한 궁전이 되었다. 서른 전에 두 아이를 출산했던 나와 달리 딸아이는 서른이 넘어 초산을 했다. 거의 이틀 동안 산고를 치르고 힘들게 출산을 했다. 그래도 자연분만을 하고 모유수유를 하니 해산 바라지가 한결 수월했다. 지구를 사랑하는 마음과 아기를 위해서 준비한 천 기저귀는 마음은 갸륵하나 종이기저귀의 편리함에 밀려 구석 자리를 차지했다.

아기가 채송화 씨앗보다 더 작은 땀방울을 콧등에 세우며 어미젖을 온 힘을 다해 먹는 모습은 경이로움 그 자체였다. 어른 손 한 뼘 크기의 배냇저고리의 앙증맞음이란 또 어떤가. 고물거리는 손과 발, 어린 단풍잎 같은 손가락, 응가를 해도 하품과 딸꾹질을 해도 신기하고 울어도 예뻤다. 목욕을 시킬 때는 남편이 보조를 자청하고 나섰다. 평소에는 잘 씻지도 않던 사람이 먼저 목욕재계를 하고 양치질까지 한 후 아기 목욕을 돕겠다고 하니 웃음이 질로 나왔다. 아기의 탄생이 왜 동서고금을 막론하고 축하할 만한 일인지 알 것 같다. 30년 전 딸아이를 낳았을 때도 이렇게 기뻤는지 기억이 가물거린다. 5주 가량 몸조리 후 손녀와 딸, 사위가 떠난 집은 적막강산이었다. 웬 걱정이 그리 앞서는지 미역국을 끓여, 반찬을 만들어 매일 아기를 보러 다녔다. 딸의 집이 가까워서 정말 다행이었다.

백일이 되어 친가 외가 가족이 모여 간단히 축하 자리를 갖고 기념 촬영을 했다. 이제 벙긋벙긋 웃고 알 수 없는 옹알이도 한다. 몸무게도 태어날 때 두 배가 넘었고 키도 제법 자랐다. 목을 가누니 안으면 제법 안을 만하고 신생아 티를 벗고 통통 살이 오른 얼굴과 허벅지, 제멋대로 자란 보드라운 머리카락, 어쩜 이렇게 사랑스러운지 아무 뜻 없이 웃어도 하품을 해도 손가락을 내밀어도 우리 내외는 굳이 의미를 부여하며 기뻐한다. 어느덧 그 싫어하던 할머니 소리가 "윤하야, 할머니야~" 하며 절로 나오게 되었다. 진짜 할머니가 되니 너무 즐겁고 행복하다. 아기와 얼굴을 마주할 때마다 엔도르핀이 팍팍 나와 오히려 젊어진 기분이다. 먼저 할머니가 된 주변의 선배나 친구들

날마다 문 닫는 박물관

이 손자 손녀 자랑을 할 때 돈을 내고서라도 하겠다는 이야기가 이해되고 공감한다.

그 옛날 몰래 하던 짝사랑이나 첫사랑도 손녀딸 앞에서는 빛이 바랜다. 아이의 미소 앞에 모든 근심걱정이 그냥 무너진다. 창조주께서는 어쩜 이리 오묘하실까. 아이의 재롱 속에 소리 없이 우아하게 늙어가는 방법을 알려주는 것 같다.

아이는 나날이 자라고 나는 매일매일 늙는다. 그러나 늙어 감을 슬퍼할 겨를이 없다. 비교 불가 첫사랑과 눈 맞추고 웃다 보면 하루가 금방 지나간다. 아이가 자라면서 떼를 쓸 때 제 엄마나 아빠가 야단을 치면 내 맘이 상할 것 같다. 딸이 고3 때까지 함께 지내다 돌아가신 시어머님이 아이들을 야단치면 화를 내시던 이유를 이제서 알 것 같다. 모든 예비 할머니들께 외치고 싶다. "한 번 겪어 보셔요. 이보다 더 좋을 순 없습니다." 노트 두 쪽 가득한 이름 후보들 중에서 고르고 고른 이름으로 출생 신고를 하고 받아온 아이의 주민등록 뒷자리 번호는 '4'로 시작되었다. 이제 대한민국 국민으로 아름다운 지구별 가족으로 이름을 올렸으니 아기가 튼튼하고 예쁘게 자라기를 기도한다. 남편이 외출하면서 딸네 집에 심부름 시킬 일이 없는지를 묻는다. 그 핑계로 손녀딸 얼굴 한 번 더 보려고.

# 이제 몇 번이나 봄꽃을 보려나

**지**난 주말에는 특별한 여행을 했다. 딸과 백일이 갓 지난 외손녀, 나 이렇게 셋이서 남편 김 기사의 호위를 받으며 빛고을 광주에 갔다. 광주 동생 집에는 목포에서 올라오신 친정어머니와 광주에 사시는 외할머니가 도착해있었다. 5대가 모였다. 성씨가 모두 다른 외가로 5대가 모여 기념사진을 찍기 위해서다. 휠체어에 의지를 하지만 정신은 건강하신 1914년생 '이삼단' 할머님은 이제 고조할머니가 되셨고, 건강 미인인 34년생 '하순자' 어머님은 증조할머니가 되셨다. 5대 중 딱 중간인 54년생 나 '소해경'은 이제 초보할머니다. 78년생 '김기린'은 엄마가 되었고, 태어난 지 백일 된 '나윤하'는 5대조의 말석을 차지하는 영광을 누렸다. 지인의 근사한 별장에서 사진작가의 지시대로 사진 촬영을 했는데 윤하도 울지 않고 적극 협조해 무사히 촬영을 마칠 수 있었다. 사진작가는 그동안 많은 가족사진을 찍었고 종종 4대가 모인 사진도 찍었지만 5대 가족 사진은 처음이라며 사진사적으로도 의미가 있다며 정성을 다해 촬영해 주었다. 태어난 지 100일쟁이와 태어나신 지 100년 된 외가 5대 만남은 축하하고 기념할 만한 일이라 여겨 모든 가족들의 관심과 사랑 속에 오늘의 행사가 이루어졌다.

외할머님은 한국전쟁 때 36살 꽃다운 나이에 면장이었던 남편을 인민군에 잃고 전쟁미망인으로 60여년을 홀로 사시며 5남매를 키워낸 훌륭한 분이시다. 삯바느질로 키워낸 자식들은 모두 교수, 교사로 장성하였고, 할머니 본인은 항상 남에게 모범이 되어 도지사와 군수에게서 「장한 어머니상」을 여러 번 받았다. 그 당시 할머니가 받았던 상품이 생각난다. 금박으로 치장한 조금은 촌스러운 커다란 거울의 하단에는 도지사의 이름이, 다리가 세 개인 알루미늄 밥상과 스테인리스 밥그릇의 뒷면에는 군수의 이름이 쓰여 있었다. 상장과 상품들은 일가친척은 물론 동네 사람 모두의 자랑이었다. 힘들게 키워낸 자손들이 번창하여 이제는 손자 손녀가 17명에 증손자 증손녀가 25명, 그리고 고손녀가 1명이다. 여든이 넘으셨을 때도 채마밭도 일구시고 은행 일도 척척 보시며 정정하셨는데 이제는 휠체어 없이는 거동이 불편하시다. 앞으로 몇 번이나 더 봄꽃을 보실 수 있을는지. 살아생

전 고조할머니가 되신 나의 외할머니가 아기를 보며 "네가 기린이 딸이냐" 하며 아무것도 모르는 아기 손에 용돈을 주신다.

어머니는 "너를 낳은 것이 엊그제 같은데" 하며 증조할머니라는 호칭이 영 반갑지 않다고 한다. 할머니의 5남매 중 맏이인 어머니는 비모의 여왕이다. 슬하의 여섯 딸들이 아버지를 닮은 나만 빼고 어머니를 닮아 모두 미인인데, 출전을 안 해서인지 미스코리아는 한 명도 없다. 2년 전 아버님이 돌아가셨지만 54년을 아웅다웅 해로 하셨고 딸부잣집 어머니의 특권을 누리고 있다. 손자 손녀가 11명이고 기린이가 맏손녀다. 이렇게 두 분과 백일 전에 할머니가 된 나, 딸과 손녀딸이 모델이 된 5대 사진은 외가 쪽으로 이루어졌다는 점이 특별하다.

이, 하, 소, 김, 나씨로 성씨는 모두 다르지만 피를 반씩 서로 나누며 100년을 살아왔다. 사진 속의 얼굴 모습을 자세히 보니 외할머니와 어머니, 나, 딸, 손녀딸이 닮아있다. 역시나 피는 물보다 진하구나. 우리 5대 멤버들이 외모 뿐 아니라 성격 또한 닮은꼴이 되가는 것을 느낀다. 외할머님은 카리스마, 손재주, 곧은 성품을 우리한테 주셨다. 젊은 시절 외할머니 별칭은 '이 판사님' 이었다. 남편 없이 혼자 사셨지만 경우가 바르고 곧은 성품으로 동네 분들이 붙여준 별칭이다. 동네 대소사에 분쟁이 있을 때 솔로몬처럼 지혜로운 판결을 내렸다. 넓은 마당에 우물이 있었던 할머니 댁은 마을회관이 되어 늘 사람이 모이고 작은 분쟁이 있었을 때 할머니의 중재가 이루어졌다. 나의 어머니도 젊은 시절 교직에 계시기도 했지만 요즘은 살고 있는 아파트 노인 회장직을 맡고 있다. 가끔 친정집에 가보면 어찌나 손님이 많이 오고 전화기가 쉴 새 없이 울려 대는지 짜증이 날 때도 있다. 나 또한 사람을 좋아하다 보니 모임이 많다. 여러 모임을 주관하고 관리하는 공금만 수 천 만원이 될 때도 있었다. 백수가 과로사 한다는 말이 이해가 간다. 딸내미도 하는 일이 만만치 않다. 오지랖 넓기가 외할머니를 꼭 닮기도 했지만 외할머니를 너무 좋아해서 이름에 할머니 성씨인 하씨를 넣어 '김하기린' 이라고 명함을 새긴 적도 있다. 이렇게 외모와 성격이 닮은 5대가 한 세대를 이루며 함께 지낼 수 있는 것은 큰 축복이다.

예쁜 노랑나비 한 마리가 할머니 주위를 맴돌더니 아기 주위를 맴돈다. 아마도 100년을 뛰어넘은 비밀 이야기가 오고 간 것 같다. 요즈음 혼기가 늦어지고 그나마 결혼을 해도 아기를 갖지 않는 부부도 많다. 이제 고조는 물론이고 증조할머니라는 단어마저 사전 속으로 박제될 것 같다. 고조할머니가 되신 외할머님, 증조할머니가 되신 어머님께 사랑한다는 말씀을 전한다. 두 분이 살아온 모습이 미래의 내 모습일 것이다. 증조할머니 호칭은 바라지 않는다. 할머니 호칭을 붙여준 딸과 손녀딸이 고맙다.

# 임자가 따로 있나

요즘 개각 명단이 발표되더니 국회에서는 인사 청문회가 한창이다. 국무총리로 장관으로 인준받기 위해 당사자들이 국회의원들의 질문에 답변하는 모습이 TV를 통해 비친다. 최종 임명권자는 대통령이지만 총리나 장관 자리를 국회의원들이 좌지우지한다. 국회의원들은 그들의 흠결을 찾아내서 그 자리에 적합한 인물이 아님을 역설하고 당사자들은 변명과 읍소로 그 자리에 본인이 합당한 인물임을 말한다. 청문회가 끝나면 총리나 장관으로 임명받고 그 자리의 임자가 되지만 아무리 높고 좋은 자리라도 영원한 주인이 없는 것이 세상사 이치인 것 같다.

30년 전쯤 '회전의자'라는 노래가 유행한 적이 있었다. "빙글빙글 도는 의자 회전의자에, 임자가 따로 있나 앉으면 주인이지" 하는 노랫말이 있다. 그러나 정해진 자리도 아닌데 임자가 따로 있는 의자가 있다. 답사를 떠나는 날이다. 새벽부터 부지런히 준비하고 즐거운 마음으로 집을 나섰다. 마침 버스와 지하철 환승 시간이 척척 맞아 약속시간 30분 전 약속장소에 도착했다. 버스에 올라 자리에 앉으려는데 빈자리가 없다. 맨 뒤 5인 특별석에 자리를 정했다. 사람은 띄엄띄엄 앉아 있고 빈자리에는 모자와 배낭이 자리를 지키고 있었다. 일행이라는 이유로 한 사람이 일찍 와서 자리를 선점하고 있었다. 대형버스라 할지라도 6명, 4명 이렇게 자리를 맡아 놓으면 어쩔 수가 없다.

물론 장거리 여행길이니 잘 알고 친한 사람끼리 이웃하고 앉아 간식도 나누고 얘기꽃도 피우면 좋을 것이다. 그러나 아름다운 모습은 아닌 것 같다. 옆자리 짝꿍자리 정도는 애교로 봐 줄 수 있지만, 오는 순서대로 자신이 원하는 곳에 앉는 것이 합리적인 예절인 것 같다. 답사나 견학이란 새로운 곳에 가는 일이다. 오고가는 동안이라도 그곳 답사지에 관해 아는 만큼 이야기하고 세상살이의 지혜를 서로 나누면서 여행을 즐기면 한결 풍요롭고 보람 있는 시간이 될 것 같다. 해외여행을 하면서 이동 할 때도 처음 앉은 자리가 여행이 끝날 때까지 계속 이어져 뒷좌석에 앉은 사람이 불만을 나타내 가이드가 진땀을 흘리기도 한다. 이미 같은 차에 탄 사람으로 화제의 공통분모는 무궁무진하지 않을까 싶다. 지난 번 답사 때는 전혀 모르는 사람과

짝이 되었다. 이 얘기 저 얘기 나누다 보니 오래전부터 알고 지낸 친구처럼 호감이 생겨 지금도 가끔 전화로 안부를 묻고 지낸다. 새 친구가 생긴 셈이다.

며칠 전 지하철에서 있었던 일이다. 빈자리가 나서 앉으려는데 누가 확 빌쳤다. 넘어질 뻔 하며 겨우 중심을 잡고 보니 내 또래 부인이었다. 가방을 던져 자리를 차지한다는 얘기는 보기도 듣기도 했지만, 앉으려는 사람을 밀치고 앉는 사람을 보니 너무 어이가 없었다. '어디 몸이 불편해서 그랬겠지. 하지만 양해를 구했다면 기꺼이 양보했을 텐데' 하고 애써 마음을 달랬지만, 영 기분이 언짢았다. 노약자석에 자리가 없으면 굳이 중간쯤으로 이동하여 자리 양보를 유도하는 나이 드신 분도 있다. 젊은이가 양보하면 사양하다가 앉는 어른은 그래도 낫다. 막무가내로 자리 양보 안한다며 호통 치는 할아버지는 정말 이해가 안 된다.

총리나 장관 자리도 아니고 버스나 지하철의 자리는 우리가 잠시 스쳐 지나가는 곳이다. 그날의 컨디션에 따라 젊은 사람도 피곤하면 앉아갈 수 있고 나이든 분도 잠시 서서 갈 수 있다. 아무리 앉으면 주인이라지만 한 시간 이내의 지하철 자리다툼이나 길어야 하루 12시간 이내의 답사 버스 안에서의 자리다툼은 왠지 씁쓸하다.

# 퓨전 요리

남편은 지난 2월말 '삼식이 아저씨' 그룹에 새로 등록을 했다. 이제 퇴직했으니 퇴직자다운 삶을 살아야지, 다른 일을 해야 되지 않느냐 묻는 사람이 제일 밉다며 6개월째 잘 놀고 있다. 퇴직 우울증은 찾아볼 수 없고 매일 매일이 즐겁다. 좋아하는 운동을 하고, 등산모임 동창모임에 참석하고 집에 있는 날은 컴퓨터와 종일 정답게 지낸다. 손녀딸이 매일매일 자라는 모습에 반쯤 넋을 놓았다가 아기의 고운 미소에 새로운 힘을 받아 신나는 일상이다. 딸네 집에 뭐 가져다줄 게 없는지 묻는 것도 일과다. 핑계 삼아 놀러가서 손녀딸과 짝짜꿍을 해보고 싶어서다.

나는 봉급 받는 직업은 없지만 병원 자원봉사, 박물관 자원봉사, 답사여행, 동창 모임, 성당 모임으로 거의 매일 촘촘한 스케줄 관리에 바쁘다. 남편이 외출하는 날은 괜찮지만 집에 있는 날 점심식사가 여간 신경 쓰이는 게 아니다. 아침과 저녁은 같이 먹고 점심은 각자 해결하자고 했지만 남편은 집안일, 특히 부엌일은 젬병이라서 될 수 있으면 챙겨주려고 한다. 짜장면을 시켜먹거나 근처 식당에 가서 설렁탕 한 그릇 사 먹으면 되겠지만 집 밥이 좋다며 부스스한 머리에 운동복 차림으로 화려한 백수 생활을 즐긴다. 하루는 남편이 "오늘 점심은 알아서 라면을 끓여 먹겠다"며 큰소리를 쳤다. 집에 돌아와 부엌을 살펴보니 싱크대 위에 라면 부스러기와 짜장라면 봉지 속에 달걀 껍데기가 함께 있었다. 갸우뚱? 이 양반이 짜장라면에 계란을 넣어 드셨나? 알고 보니 남편은 보통 라면처럼 물을 넉넉히 부어 끓이고 짜장라면과 스프를 넣고 나름 영양을 생각해서 계란까지 넣었는데 맛이 좋더라고 했다. 먼저 면을 익혀 물을 따라내고 스프를 넣어 비벼 먹는 조리법을 읽지 않고 계란까지 넣어 먹었다니 웃음만 나왔다. 더구나 맛있었다니 나도 한번 도전해 봐야겠다. 퓨전요리가 따로 없다. 그 후 외출할 때면 싱크대 위에 라면 계란 파를 차례로 놓고, 냄비에 물을 계량해 놓는다. 컵라면도 사다 놓았다.

은퇴 전엔 화분에 물 한번 준 적 없는 남편이 중학교 때 특별활동으로 원예부 활동을 했다며 화초에 물주는 일을 자청했다. 그러나 번번이 물 조절이 서툴러 화분의 흙이 넘쳐 베란다가 물과 흙 범벅이 되었다. 그 뒤치다꺼리가 힘들어 사흘 만에 '베란다 정원사' 직을 해고했다. 아는 선배가 집 옥상에 상추와 고추 몇 포기를 기르면서 물주기를 남편한테 부탁했다. 그분 남편이 움직이기 싫어하는 성격이라 운동 삼아 올라 다니라는 깊은 뜻을 감추고 부탁했는데 물주기가 귀찮다며 "어서 가을이 와서 상추와 고추가 죽었으면 좋겠다"고 했다고 한다. 그분도 물주는 정원사에서 그날로 해임되어 남편처럼 자유시민으로 게으른 평화를 누린다고 한다.

남편은 40년 동안 누리던 자신만의 전공 분야에서 걸어 나와 요즈음 하나씩 배우는 청소기 돌리기, 식사하고 밥그릇 개수대에 갖다 놓기, 화분 물주기, 전구 갈아 끼우기, 쓰레기 분리수거 등이 너무 어렵다며 엄살을 떤다. 그럴 때마다 마누라 유고 시를 대비해서 열심히 집안일을 배우라고 채근을 하지만 진도가 영 시원찮다. 집안 일을 재미 삼아 배운다지만 오늘따라 청소기를 돌리는 뒷모습이 괜히 쓸쓸해 보인다. 물리적인 나이 먹음을 어찌 할 수는 없지만 초로 노인의 모습에서 나의 모습이 보여 가슴이 먹먹하다. 삼백 예순날을 서른 해 넘게 내편인 남편에게 아내가 아닌 인간으로 지지와 박수를 보낸다. 그리고 남은 시간을 기꺼이 같이 쓰는 동업자임을 만방에 선포한다.

# 막내이모

요즘은 집집마다 아이들이 하나 아니면 둘이다. 그러다 보니 이모, 고모, 삼촌이라 부르는 대상이 사라지고 있다. 엄마의 언니나 동생을 부르는 호칭인 이모는 언제나 내편인 엄마의 피붙이라서 그런지 정겨운 호칭이다. 그 중에서 막내이모는 막내라는 단어의 사랑스러움과 친근함이 더한다. 나는 외가로 이모가 두 분, 외삼촌이 두 분 계신다. 그래서 큰이모, 막내이모가 있다. 두 분 이모 중 막내이모는 큰언니 큰딸인 나와는 참 인연이 깊다. 막내이모와 나는 6살 차이가 나는데, 동생이 없는 막내이모는 어려서부터 동생처럼 나를 챙기고 보살펴 주었고, 맏이라 언니가 없는 나는 막내이모를 언니처럼 따랐다. 지금도 보관하고 있는 이모의 초등학교 일기장에는 내가 주인공으로 자주 등장한다. "어머니가 조카만 예뻐해서 과자를 나는 조금

주고 해경이만 많이 준다." "조카를 잘 데리고 놀지 않는다고 혼났다. 해경이가 밉다. 우리 집에 오지 않았으면 좋겠다." "소풍을 다녀오면서 조카를 주려고 사탕을 다 먹고 싶어도 참고 남겨왔다."는 등 내가 일기 소재였던 날이 많았다.

이모와 나는 늘 자매처럼 붙어 다녀서 이모의 친구들 이름을 훤히 다 알았고 누가 누구와 친하고, 누구와 싸웠는지 친구들의 비밀도 다 알고 있었다. 이모를 좋아했던 남학생의 편지 배달부 역할을 하며 사탕도 얻어먹었고, 이모 친구들이 땅 따먹기나 고무줄놀이를 하면 책가방을 지키는 파수꾼이 되기도 했다. 중학교 다닐 때 이모는 우리 집에서 함께 살았다. 시골에서 우리 집이 있는 도시로 전학을 왔다. 우리 집에서 지낼 때 이모는 수학여행을 다녀왔는데 내 선물로 여닫는 나무 필통과 대나무로 만든 움직이는 뱀을 사왔다. 학교 가서 친구들에 자랑하며 우쭐대던 기억이 난다. 이모는 공부를 잘해서 도에서 제일 좋은 여고로 진학을 했다. 우리 집에서 함께 살 때는 우리 아버지가 이모를 무척 예뻐해서 "아버지는 맨날 이모만 예뻐한다. 빨리 이모가 자기 집으로 갔으면 좋겠다"고 써놓은 내 초등학교 일기장도 있다. 이모는 이모대로 나는 나대로 각자 자신의 일기장에 밉다고 써 놓고는 맨날 붙어 다녔으니 그때를 생각해 보면 절로 미소가 지어진다.

이모와 나는 방학 때면 외할머니 댁에서 만났다. 여전히 우리는 즐거웠다. 이모가 친구네를 가면 꼭 따라 다녔고, 여고생 이모가 친구들 하고 변장을 하고 연소자 관람불가 영화를 볼 때는 이모 친구 동생들과 극장 옆 성당 마당에서 놀면서 이모를 기다렸다. 채송화 꽃씨를 터뜨리기도 하고 아침에 피었다 저녁에 쪼그라든 나팔꽃 수를 헤아리기도 했다. 분꽃 씨앗을 깨뜨려 씨앗 속의 분을 얼굴에 바르기도 하다가, 괜히 심술이 나면 부지런히 움직이는 개미들을 쫓아 개미집을 찾아내어 나뭇가지로 들쑤시며 극장에 못 들어간 화풀이를 했다. 이모와 친구들이 우릴 찾아 성당마당으로 오면서 까르르 웃던 그 모습이 눈에 선하다. 순자, 영자, 옥희, 점순이, 민숙이. 가끔 이모를 통해 소식은 듣고 있지만 만난 적이 오래된 이모 친구들 이름이다. 이모와 친구들에게 찐빵과 만두를 얻어먹고 집으로 돌아오면서 함께 부르던 노래가 '세상은 잠이 들어 고요한 이 밤~ 대전발 영 시 오십 분~' 왜 그 노래를 불렀는지 모르지만 지금도 입 속에서 맴돈다. 극장 간판 속 김지미와 최무룡 얼굴도 생생하다. 할머니께는 친구네서 놀았다며 둘러대고 이모와 나는 평상에 누워 깜깜한 밤하늘 별을 헤며 비밀의 성을 쌓아갔다. 그때 하늘의 별은 보석처럼 총총 빛났고 이모가 지어낸 뒷간 빨간 귀신이 무서워 오줌이 마려워도 참느라 끙끙댔다. 그 시절이 그립다.

이모는 서울에서 대학을 졸업한 후 중학교 교사로 재직하면서 결혼을 하고 아이를 낳고 서울내기가 되어갔다. 우리 엄마의 부탁도 있었고 이모가 나를 곁에 두고 싶기도 해서 나는 이모 주선으로 맞선을 여러 번 보았다. 이모의 중매가 성공한 작품이 내가 남편을 만나 결혼을 한 일이다. 다른 조카들과 친구 아들, 딸들도 여럿 소개를 했지만 성사된 건은 나 혼자라서 "나 아니었으면 어찌 이런 남편을 만났겠느냐, 나 아니었으면 어찌 이런 아내를 만났겠느냐"고 생색을 내면서 우리 부부에게 충성심을 강요한다. 이모와 나는 할머니가 되었지만 여전히 가까운 곳에 살면서 자매처럼 지낸다. 시인이기도 한 이모가 내년 40년 가까이 몸담았던 교직에서 정년 퇴임을 맞는다. 시집도 여러 권 발간하고 교원문학, 공무원문학을 비롯 이곳저곳에서 활동이 왕성하지만, 정년이라는 정해진 시간 속에 개인적인 아쉬움이 클 터이다.

우리는 이모와 조카로 또 중매쟁이로 뭉친 사이다. 유년의 추억 한 편에 조카로서 내가 존재한다는 것이 행복하다. 부모와 자식, 형제자매는 아니지만 이모와 나와 인연은 피붙이 이전에 어떤 운명적인 인연인 것 같다. 동창 모임 장소는 어디가 좋은지, 치과는 어디가 괜찮은지 등 직장동료나 동창들도 많지만 이모는 나에게 지극히 사소한 문제도 의논한다. 나도 집안의 대소사 의논은 물론, 날씬하고 멋쟁이인 이모의 패션을 따라 하기 위해 같이 백화점도 다니고, 가끔 드라이브를 즐기다 근사한 찻집에 마주앉아 시인과 수필가로서 문학적인 토론도 한다. 찻집을 나서면서 분위기는 좋은데 커피 값이 너무 비싸니 다시는 그 집에 가지 말자, 저녁 반찬값이 날아갔다며 방금 전 낭만을 버리고 툴툴거릴 수 있는 사이가 이모와 나와의 사이다.

우리는 서로를 의지하며 함께 늙어가고 있다. 생각이나 느낌도 비슷하다. 전생에 특별한 인연이 이어져 조카와 이모 관계를 맺은 것 같다. 이런 이모가 내 곁에 존재함에 감사하다. 무사히 정년을 맞은 이모께 축하 꽃다발을 드린다. 이모의 아이들과 내 아이들이 사진 속에서 엄마들을 추억할 먼 훗날 까지도 징~한 사이로 남고 싶다.

# 잊혀진 계절

계절은 어김없이 다가와 내 손에 노란 가을을 쥐어 주더니 서둘러 푸른 여름을 떠나보냈다. 이 아름다운 계절의 우편함에는 어김없이 청첩장이 날아든다. 청첩장은 크기와 모양이 다양하고 예뻐서 한번 보고 버리기가 아깝다. 대부분 혼주인 부모가 보내는데, 그 내용은 결혼 당사자들의 인사말로 시작된다. "저희 두 사람이 사랑과 믿음으로~" "하나님이 내게만 주신 그 사람을 만났습니다~" "새로이 시작하는 작은 사랑이~" 하며 신랑 신부들의 초대 글은 읽는 둥 하고 혼주와 친밀도에 따라 축하금을 챙겨 결혼식에 참석한다. 어서 장모나 시어머니가 되어 아이들 결혼이라는 숙제를 마치고 만세를 부르고 싶다며 아우성인 친구들한테서 기쁜 소식이 들려오고 있어 덩달아 마음이 바빠진다.

친구 A가 딸아이 결혼식 초대장을 보내왔다. 모임을 함께하는 친구는 아니지만 초대장을 받았으니 참석하려 했는데 그날이 좋은 날이었는지 조카 결혼식과 겹쳐 참석할 수가 없었다. 다른 친구에게 축하금을 부탁하려다 그만 깜박했다. 일주일 후 친구 B의 딸아이 결혼식장에서 A를 만났다. 정말 미안하고 난감했다. 다른 때 같았으면 서로 가벼운 안부 인사라도 했을 텐데 서먹하게 헤어졌다. 결혼식장에 못 가더라도 축하금을 보냈어야 했는데 후회가 되었고, 초대장을 보낸 사람보다 초대장을 받고 못간 내가 마음이 쓰였다. 예식장에서 내가 먼저 결혼식에 참석 못해 미안하다고 얘기 할걸 그랬나 싶었다. 한 달이 지났지만 지금도 마음이 편치 못하다. 지난해 가을 친구 C의 하나 뿐인 아들 결혼식이 있었다. 그 친구는 아들의 결혼식에 엄마 친구는 세 명만 초대했다고 한다. 초대받지 못한 친구들이 섭섭함을 토로하자 신랑 신부가 중심이 되는 결혼식을 원했다고 했다. 또 다른 친구 D는 딸아이 결혼식에 축하객을 모두 100명만 초대했다. 양가 일가친척과 신랑 신부 친구만 초대하고 엄마 아빠 친구는 초대하지 않았다고 했다. 결혼식을 하면서 축하금을 일체 받지 않은 친구 E도 있다. 초대장에 축하금 사절이란 문구가 있었지만 나름 축하금을 준비해 간 결혼식장에는 축하금 접수창구가 아예 없었다.

며칠 전 남편이름으로 온 초대장이 있었다. 결혼식 장소가 미국 LA

한인교회란다. 다른 친구와 통화하면서 비행기 티켓을 보내오면 참석하자고 이야기한다. 또 한 번은 동창회에 평소 나오지 않은 친구가 지난달 모임에 참석해 아들 결혼식 초대장을 돌렸다고 했다. 금요일 저녁 모임에 일요일 예식 알림이라 회원들이 무리해서 참석했는데, 그 친구는 감사 인사도 없이 석 달 째 무소식이었다. 다른 친구들 성화도 있었고 요즈음 갑자기 병원에 실려간 친구도 있어 모임 회장인 남편이 걱정스럽게 안부 전화를 했더니 해외여행을 다녀와 시차 적응 중이라며 여행지 자랑을 했다고 어이없어 한 적도 있었다.

주말마다 예식장 다니느라 지출이 많고 정장 차려 입고 참석하느라 힘들다고 푸념을 떨었더니 나보다 연배가 10년 정도 높은 선배가 지금 자신이나 남편은 예식장에 초대 좀 받았으면 좋겠다며 "그 때가 좋은 때"라고 한다. 이제 지인들이나 친구들의 아들딸들이 대부분 결혼을 해서 초대장을 받을 일이 적어졌고 퇴직 후 귀농, 귀촌을 해 행사 때 만나기가 어렵다고 했다. 우편함에 청첩장이 오는 것은 아직은, '잊혀진 계절'이 아니라는 선배 말에 공감이 간다. 퇴직 2년차인 남편에게 주말이면 두세 건 많을 때는 대여섯 건의 초대장이 왔었는데, 점점 그 숫자가 적어지고 있기 때문이다.

오늘 참석한 지인 아들 결혼식은 30분 늦게 시작했는데 갑자기 비가 오는 바람에 차가 밀려 주례 선생님이 오토바이를 타고 왔다고 한다. 잊지 못할 결혼식이라며 주례선생님은 이웃에게 감사하며, 다른 사람에게 도움을 주는 삶을 살아갈 것을 주문했다. 결혼식장이 성당 이거나 호텔이거나 예식장이거나 그 장소는 중요하지 않다. 원탁에 앉아 포크와 나이프를 쓰거나 뷔페에서 줄을 서거나 갈비탕을 먹거나 식사도 중요하지 않다. 신랑 신부를 바라보면 신랑은 내 아들 같고, 신부는 내 딸 같아 사랑스럽다. 30년도 지난 내 결혼식을 생각해 보고 신랑 신부가 엮어낸 사랑의 매듭이 튼실하도록 진심을 다해 축하해 준다. 그리고 초대에 감사한다. 올 가을이 새삼스레 감동으로 다가온다. 곧 잊혀질 계절인 나에게 이번 주에는 누가 초대장을 보냈을까 기대하며 우편함을 열어본다. 청잣빛 가을하늘에 눈이 시리다.

날마다 문 닫는 박물관

# 사랑하는 아버지께

**사**랑하는 아버지!

며칠 전 남한산성에 답사를 다녀왔습니다. 김훈의 소설 『남한산성』을 읽고 난 후라서 옹성의 벽돌 하나, 떨어진 낙엽 하나도 왠지 이야기가 깃들어 보였고 마음을 스산하게 했습니다. 아마도 지난달 아버지께서 유명을 달리하고 맞은 가을이라서 마음의 추위를 느꼈겠지요. 남들은 천수를 다하시어 호상이라 했지만 자식인 저의 슬픈 마음은 몽진 떠난 인조 임금의 처연한 마음처럼 가슴이 아려옵니다.

그리운 아버지! 당신이 저희 곁을 떠나신지 한 달이 지났습니다. 당신은 여섯 딸들을 편견 없이 늘 사랑하고 아낌없이 지원해준 아버지였습니다. 덕분에 우리 여섯 자매는 세상의 그 어떤 자매들보다 끈끈한 사랑으로 우애를 과시하며 각자 자신의 분야에서 당당히 자기 몫을 해내고 있습니다. "하느님이 거짓말을 할지 몰라도 소 회장은 거짓말을 못 한다"는 주변 분들의 말씀처럼 솔직하고 담백한 아버지의 성품은 사람을 편안하게 하는 힘이 있었습니다. 당신은 타고난 건강함과 한결같은 부지런함으로 과히 몸짱 아버지라고 불릴만한 분이었습니다. 훤칠한 키에 미남으로 젊은 시절에는 동네 처녀들한테 인기좋았다고 늘 자랑하시곤 했죠. 청년 시절 유도와 역도 아마추어 선수 생활을 했던 아버지의 건강한 몸 관리는 매일 새벽 냉수마찰로 아침을 열고 산에 오르고 이웃한 중학교 운동장 열 바퀴 달리는 것쯤은 일도 아닌 만큼 운동을 즐기시던 아버지의 근면함이 자리하고 있었습니다. 그렇게 83년 동안 건강함을 지키시던 아버지도 응급실에 몇 번이나 오가며 결국 인공호흡기에 의지하게 되었던 마지막 순간에는 유언 한마디 남기지 못하시고 먼 길을 떠나셨습니다.

메모와 정리 대장 우리 아버지! 보고 싶습니다. 삼우제를 지내고 당신의 유품들을 정리했습니다. 당신의 상자에는 일제강점기에 교육을 받았던 보통학교 성적표와 일본어로 쓰여진 문고판 책들, 세로로 쓰여진 누런 갱지로 엮은 옥편들이 꼼꼼하게 정리되어 있었습니다. 그뿐 아니라 공무원으로 재직하신 삼십년 동안 모아두신 손수 쓴 업무일지에 사진과 함께 직급이 새겨진 여러 개의 패용 명찰들이 아버지의 성실했던 젊은 날들을 말해주는 듯 했습니다. 은퇴하신 후에도 이곳저곳에서 활발한 활동모습을 보여주는 노인대학 학생증, 문화센터 회원증, 보건소 발행 위생 감시원증은 봉사활동과 여러 강의에 열심인 제 모습이 아버지를 닮음을 증명했지요. 미국에 사는 동생과 일본에 계시는 누님을 한 번 더 만나고자 발급받은 후 사용 못 한 새 여권과 매일 신문에서 보고 배운 단어와 시사용어들, '가요무대'에 출연한 가수들의 이름이 빼곡히 적힌 십여 권의 수첩들은 기어이 저와 어머니를 울리고 말았습니다. 이렇게 평생을 작은 것을 소중히 여기고 아끼시던 분이 결국에는 볼펜 한 자루 수첩 한 권 못 가져가신 죽음의 무게가 가슴을 먹먹하게 했지요.

그리운 아버지! 당신은 휴지 한 장, 이쑤시개 한 개까지도 아끼고 또 아끼셨지요. 어릴 적부터 두루마리 휴지는 한 번에 두 눈금 이상은 쓰지 못하게 했고, 달력 종이를 곱게 오려 메모지로 사용하신 것은 기본이었지요. 베란다를 정리하면서 아무 쓸모도 없어 보이는 신문지와 노끈들을 한 아름 소중히 모아둔 것을 보고 다시금 아버지의 절약 정신에 고개가 절로 숙여졌습니다. 목포에서 서울을 오갈 때면, 자신은 한가한 노인이라며 요금이 싼 무궁화 기차를 타면서 자식들에게는 젊은이라 바쁘다며 비행기 표를 사주던 분이었지요. 지금 추억해 보니 아버지는 대나무 빗자루로 정갈하게 쓸어낸 큰 마당 같은 존재였고 등 굽은 소나무처럼 한 발짝 멀리서 우리들을 지켜보고 응원해 준 든든한 후원자였습니다.

멋쟁이 아버지! 어린 시절엔 양복을 단정히 입고 모자를 쓰고 출근하던 모습이 참 멋있어 보였습니다. 당신은 유난히 모자를 좋아해서 수많은 모자를 모아 두셨습니다. 패션 센스가 남달랐던 모자와 넥타이들은 젊은 우리들이 보기에도 세련되어 사위와 조카들이 모두 나누어 가졌답니다. 재벌 집 자식들이 서로 많은 재산을 차지하려 싸우듯이 우리도 더 예쁜 모자며 넥타이를 가져가려고 경쟁이 치열했답니다. 양복과 한복들은 깨끗이 손질하여 재활용품센터로 보냈답니다. 텅 빈 옷장과 책장은 주인을 보내고 무심히 서 있습니다. 아버지! 베옷 한 벌 걸치시고 홀연히 어디로 떠나셨나요?

보고 싶은 아버지! 일요일 낮 12시 '전국 노래자랑' 월요일 밤 10시 '가요무대'를 꼭꼭 챙겨 보시던 모습이 선합니다. 수첩에 가수 이름과 노래가사를 받아 적으며 열심히 따라 부르곤 하셨지요. 또 호기심이 어찌나 왕성하신지 전국의 축제는 오래 전에 제패하시고 세계로 진출하시어 미국, 일본, 중국, 동남아, 유럽여행까지 안 가본 곳이 없을 정도였지요. 공연 구경도 참으로 좋아하셔서 상경할 때마다 이런저런 공연을 모시고 다니느라 저도 좋은 구경 많이 했답니다.

자식 여섯이 모두 출가하고 당신이 가신 후 이제 혼자 남으신 어머니가 전화 너머로 울먹입니다. "네 아버지가 여행 가신 줄로 생각하고 기다리는 마음으로 살려 하는데 잘 안 되는구나." 옷 좀 잘 챙겨 입으시오, 목욕은 하루 세 번씩 하지 말고 한 번만 하시오, 외출할 때는 노인이니 제발 택시 좀 타고 다닙시다. 하며 티격태격 사소한 일상을 나누던 상대가 사라진 상실감에 가슴이 미어지시나 봅니다. 54년을 함께 지내며 서로에게 잘 길들여져 팔만 뻗으면 닿을 곳에 언제나 있을 것 같았다는 엄마를 위로하다 전화를 붙잡고 모녀가 엉엉 울었답니다.

죽음은 생명을 가진 존재라면 누구나 겪게 되는 현실입니다. 여름엔 꽃을 피우고 향기를 뿜고 가지를 늘리고 푸르름을 간직하던 남한산성의 나무들도 지금은 낙엽을 떨구고 조용히 자신의 자리를 지키고 서 있습니다. 하지만 그들은 곧 다가올 새 봄을 준비하고 있을 것입니다. 겨우내 추위와 싸울 나목들을 보며 그 강인함 속에 당신이 계시는 것 같아 한참동안 나무들과 얘기를 했답니다. 아버지, 내년 봄 이 나무들이 싹을 틔울 때, 아버지를 생각하며 다시 남한산성을 오를 것입니다. 나무들이 아버지처럼 저를 안아 주며 반겨주겠지요. 사랑합니다, 아부지!

# 선물과 유물

집안에 조그만 나방이 날아다닌다. 바닥에는 하얀 벌레도 여러 마리 기어 다닌다. 2주전 쌀을 사면서 10㎏ 보다 20㎏ 포장의 가격이 싸서 큰 포장을 구입했는데 날씨가 더워 쌀벌레가 생긴 것이다. 쌀벌레를 치우면서 잠시 욕심으로 큰 포장 쌀을 구입한 것을 후회했다.

10년 전 살던 아파트에서 이사 오면서 갖게 된 모임이 있다. 같은 동에서 성당을 다니며 반모임을 했던 12명 회원 중 나이가 가장 많은 마리아 씨는 모두가 좋아하는 분이다. 그분은 늘 선물로 우리를 감동시킨다. 손수 뜨개질한 수세미, 접으면 손가락 크기만 한 쇼핑 주머니, 작은 립스틱, 스카프, 스타킹을 때때로 선물로 준다. 더운 날은 아이스크림이나 과일도 사오고 추운 날은 따뜻한 커피에 맛있는 팥죽을 사주기도 한다. 가끔 회비를 절약하라며 모임 식사비를 내주기도 한다. 어느 날은 예쁜 스카프를 하고 있어 "스카프가 참 예쁘네요" 한 마디 했더니 내가 더 어울릴 것 같다며 스카프를 풀어준다. "왕 언니, 속옷도 예쁘다면 벗어 줄 건가요?" 하며 한바탕 웃었다.

회원 중 아네스 씨가 양평에 별장을 지었다. 그곳 가재도구를 준비하는데 왕 언니는 그릇 한 박스, 돗자리, 카페트를 선물로 주었다고 한다. 그분의 지론은 "사람이 죽은 후 남긴 물건은 유물이 되어 아무도 거들떠보지 않지만 살아생전 나누는 것은 선물이 되어 다른 사람을 즐겁게 하기 때문에 비슷한 것이 두 개 있으면 하나는 누구한테 줘야 마음이 편해서" 선물을 취미삼아 한다고 한다. 지난 달 모임에서는 2년이 지난 옷들을 맞는 사람에게 나누어 주었는데 나는 체격이 비슷하고 발 크기가 같아 옷 세 벌과 신발 다섯 켤레를 선물 받았다. 그분의 삶을 옆에서 지켜보면서 아름다운 지혜를 깨우쳐간다.

여유 있게 사는 친구 언니가 있다. 그녀는 늘 욕심쟁이다. 집안 가득 없는 것이 없다. 설 명절에 들어온 선물 중 추석이 가까이 다가오도록 포장지도 뜯지 않은 상자도 있다. 냉장고 2대, 김치냉장고 2대와 냉동고 안에 언제나 음식이 넘쳐나지만 다 먹지도 못하고 이리저리 옮기다 결국은 상해서 버리는 것이 대부분이다. 화장품도 사용기간이 지나 냄새가 나서 버릴 지라도 누구랑 나누어 쓰지 않는다. 버린다고 한 티셔츠를 세탁하고 손질해서 동생이 입었더니, 그 옷을 다시 내놓으라고 한 적도 있었다. 그녀의 친정어머니조차 스카프 한 장 얻어 쓴 적이 없다며 쓴 웃음을 지을 정도이다. 버릴망정 썩기 전에는 절대 남 못주는 것은 도대체 어떤 마음일까. 30만 원 이상 구입하면 덤으로 주는 상품이 마음에 든다며 그 언니는 오늘도 백화점에 간다. 그 많은 물건들이 유물이 아닌 선물로 날개를 달았으면 좋겠다.

금요일마다 박물관에 자원봉사를 다닌다. 각 관별로 해설하는 파트는 다르지만 20여명이 함께 지낸다. 11시부터 4시까지 매주 10여년을 지내다보니 서로에게 각별하다. 그분들의 깔끔한 멋스러움과 나눔의 솜씨는 배우고 싶은 덕목이다. 새로 교체 전시한 유물과 특별 전시된 유물들의 자료를 공유하고 정보 교류를 한다. 분기별로 박물관이 아닌 미술관에서 전시회를 감상하고 고궁과 유적지 답사를 함께 한다. 맛있는 커피와 간식을 가져와 티타임을 갖거나 박물관 정원을 산책하며 야외 전시된 탑 주인들과 만나고 꽃들의 이름을 불러보기도 한다. 함께 함이 저절로 나눔이 된 것이다.

며칠 전부터 틈틈이 옷장 정리를 하고 있다. 작년에는 무슨 옷을 입었는지 입을 만한 옷은 없고 정리 대상이 가득이다. 정리할 옷을 고르면서 비싸게 산 옷이라서, 좋아하는 디자인이라서, 색상이 좋아서 등등 이유를 들어가며 버리는 쪽이 아닌 보관용 쪽으로 옷을 쌓아간다. 허리가 굵어져 못 입게 된 치마 두 벌과 목이 늘어진 티셔츠 몇 벌만 겨우 정리 대상 리스트에 올랐다. 스스로 생각해도 어이가 없다. 2년 동안 입지 않은 옷은 과감하게 정리하라는 살림 9단의 얘기를 새겨들었건만, 2년이 아니라 10년도 더 지난 옷들을 붙잡아 두느라 옷장은 비좁아 숨이 막힌다며 비명을 지른다. 과감하게 정리 못하는 손이 밉다.

우리가 살고 있는 집안에는 약 3만 개가 넘는 물건이 있다고 한다. 종류별로 살펴보면 부엌의 냄비, 숟가락, 컵, 거실 장식장 안 소품들, 서랍장 속 속옷과 양말, 옷장의 사계절 옷과 이불, 많은 책들, 화장실 수건과 비누, 신발장의 신발과 우산, 공구함의 망치와 못까지 셀 수 없이 많아 아마도 꼼꼼히 세어 본다면 3만 개도 더 될 것 같다. 사람이 의식주를 해결하는데 이렇게 많은 것이 필요한지 싶은 생각이 든다. 싱크대 안쪽에 일 년에 한 번이나 쓸까 말까 하는 체를 고민하다 다시 넣어둔다. 버리는 것도 용기가 필요하다.

무소유를 실천하고 열반하신 '법정 스님'은 생전에 지인으로부터 난 화분을 하나 얻으셨다. 산사에 계실 때는 물도 주고 가꾸었지만 산사를 떠나 계실 때는 행여 난이 죽으면 어쩌나 걱정이 생겨 아끼던 난 화분을 되돌려주었다는 일화가 있다. 무엇이든 소유하는 순간부터 걱정거리가 생긴다며 작은 난 화분 하나도 곁에 두지 않고 무소유를 실천하신 스님이 새삼 존경스럽다.

평범한 사람인 나는 내 것을 갖고 싶고 하나가 있어도 기회가 되면 또 두 개도 갖고 싶다. 욕심이나 열망은 긍정적 측면도 있다. 그러나 소유욕이 너무 강하다보면 자신의 집에 재물은 쌓이겠지만 친구는 점점 없어지고 외톨이가 될 것 같다. 나누는 마음에는 유통기간이 없다. 언제나 그때가 가장 최선의 시기다. 나누는 즐거움은 실천해 본 사람만이 안다. 유물이 아닌 선물을 많은 사람과 나누는 기회를 갖도록 연습을 해야겠다. 쌀벌레와 나누게 된 쌀도 나눔이라고 생각하며 억지 미소를 지어본다.

# 우째 이런 일이

지난 4월 꼭 가보고 싶었던 여행지인 정열의 나라 스페인, 세계 3대 성모 발현지인 파티마의 포르투갈, 영화속 카사블랑카를 기대하며 모로코에 다녀왔다. 여행은 설렘과 기대감으로 신나는 발걸음이다. 배낭여행은 아니지만 나름 준비를 했다. 아는 만큼 보인다는 말이 있듯이 여행지에 대해 틈틈이 관련 책도 읽고 TV여행지 소개 프로그램도 시청하며 공부를 했다. 역시나! 스페인은 관광객으로 부러움을 느끼기에 충분한 매력적인 나라였다. 수많은 성당과 궁전은 이슬람과 가톨릭에 대한 인식을 새롭게 했고, 1882년부터 지금까지 건설하고 있는 경이롭고 아름다운 성가정(사그라다 파밀리아) 성당은 가우디가 40여 년간 설계, 건축하였으나 완성하지 못해 오늘날까지 130여 년간 건축이 진행 중이며 가우디 사후 100년을 맞는 2026년에 완공

제2부 이보다 더 좋을 순 없다

예정이라고 한다.

또한 알람브라 궁전의 아라야네스 정원과, 일곱 개의 천국을 묘사했다고 한 모가라베스 종유석 장식으로 채워져 있는 천장은 숨이 막힐 듯이 아름다웠다. 콜럼버스와 이사벨 여왕, 피카소, 세르반테스, 카르멘의 나라가 스페인이다. 포르투갈에서는 가톨릭 신자로써 파티마 성지를 순례하며 많은 은총을 받았다. 파티마 성당에서 드린 아름답고 엄숙한 미사는 가톨릭 신자임을 감사하며 마음모아 기도의 시간을 가졌다. 배를 타고 아프리카 땅인 모로코, 탕헤르에 도착했다. 미로의 도시 페스! 구시가지 9,600개 골목들! 메디나에서는 8세기 사람이 되어 당나귀 똥을 밟아 보았고 가죽 염색 작업장인 태너리에서는 천연염색 재료인 비둘기 똥 냄새를 실컷 맡았다. 카사블랑카의 도시 모로코의 여기저기를 기웃거리며 눈과 가슴에 발과 코에 다른 이들의 삶을 담아왔다. 여행은 그래서 늘 설레임이다.

여행을 마치고 귀국길에 올랐다. 여행일정상 입국은 마드리드였고, 출국은 바르셀로나였다. 그런데 출국하려는 바르셀로나 공항은 그야말로 인산인해였다. 아이슬란드 화산 폭발로 대기 중에 떠다니는 화산재가 안전 비행에 치명적이라 모든 비행기가 결항을 하고 있었기 때문이었다. 가이드가 우리 팀은 비행기 티켓이 12개 밖에 없다며 일행끼리 의논해서 순서를 정하라고 했다. 언제 출국할지 알 수 없는 상황에서 12장의 티켓은 작은 소란을 일으켰다. 31명 일행 중 12명, 8명, 6명, 4명 각 팀이 의견을 조율하기란 참 어려웠다. 또 각 팀원 중에서도 의견이 분분했다. 먼저 가는 사람이 남은 사람을 위해 100유로씩 체류비를 보태기로 하고 순서를 정하기 위해 제비를 뽑아 순서를 정하다 보니 일행과 헤어지게 되는 경우, 일행과 함께 가기 위해 먼저 갈 수 있는 기회를 포기하는 사람도 생겼다. 일정에 맞춰 꼭 귀국해야 하는 사람은 자신에게 기회가 오기를 바라며 발을 동동 굴렀다. 공항 안은 비행 일정이 늦춰지고 취소되어 혼란을 겪는 승객들로 난리 법석이었다. 다른 여행사 관광객 중에는 공항에서 일주일을 대기한 팀도 있었고, 국내선을 이용해 마드리드로 돌아가는 팀도 있었다. 다음 비행기 일정을 알 수 없어 집에 전화하는 사람들도 예정대로 못 간다는 소식만 전할 뿐 언제 간다고 말할 수 없었다. 또 다른 곳의 화산이 폭발하려고 뽀글뽀글 한다거나 백두산이 다시 폭발하려고 연기가 나고 있다는 등 소문이 무성했다. 내일도 모레도 아닌 일주일 후에도 집에 못 간다면 어떻게 할까? 희망봉을 돌아 배를 타고 가야 하나? 기차로 유럽으로 가야 하나? 갑자기 가족들이 보고 싶고 불안감에 싸였다. 가족과 통화하다 눈물을 보인 일행도 있었고, 이왕 이렇게 되었으니 못 가본 여행지를 더 구경하자는 낙천주의도 있었다. 귀국 순서를 정하는 동안 가이드가 12명 이름이 명시된 티켓을 가져왔다. 티켓 이름은 변경이 안 되니 내일 12명이 먼저 떠나고 남은 사람은 언제 떠날지 모른다고 한다. 그러나 다음날 비행기가 떠난다는 보장이 없는 상황이었고 내일도 공항에 와봐야 안다고 했다. 뽑기로 정한 순서는 무효가 되었다. 우리 팀은 나를 포함 3명이 먼저 떠나는 명단에 이름이 있었다. 나는 여행사를 정하고 일정 안내를 맡은 8명의 총무 역할을 하고 있었다. 공동 경비도 내가 가지고 있어서 먼저 떠나는 일이 난감했다. 다른 팀에서 무슨 근거로 먼저 가는 사람을 정했는지 가이드에게 따지자 가이드는 눈물을 글썽이고, 비행기가 확실히 내일 떠날지 모레 떠날지 모르는 상황에서 서로가 극도로 예민한 감정이 되었다. 이성적으로는 상황이 이해되지만 먼저 떠나게 된 사람과 남은 사람들 간에 미묘한 감정이 생겼다. 우리 일행 중 두 사람은 꼭 일정대로 귀국해야 하는 일이 있었고 나를 포함한 먼저 출발하는 세 사람은 천천히 출발해도 무리가 없었는데 티켓 교환이 불가하다고 하니 나중에 오는 일행들에게 너무나 미안했다. 우째 이런 일이!

　늦어진 첫 날은 다른 팀 일행 중 이곳 바르셀로나에 지인이 있어 그분에게 하루를 부탁했다. 민속촌 구경과 피카소 미술관 관람 스케줄은 알차고 즐거웠다. 또 바다가 보이는 식당에서 먹은 빠에야 맛은 스페인을 또다시 오고 싶은 나라 일 순위에 올려놓았다. 이튿날은 우리끼리 공항버스를 타고 람블라스 거리로 향했다. 가이드 없이 나선 스페인 탐색은 나름 묘미가 있었다. 그 날(4월 23일)은 '책의 날' 축제로 길거리는 꽃과 책, 사람으로 인산인해를 이루었다. 유네스코가 정한 '세계 책과 저작권의 날'로 카탈루냐 지방에서 책 읽는 사람에게 장미꽃을 선물하던 '세인트조지' 축제일로 '세르반테스'와 '셰익스피어'가 1616년 4월 23일 같은 날 타계한 것도 함께 기념한다고 한다. 짧은 영어와 손짓 발짓으로 백화점 구경도 하고 눈치껏 장미꽃도 한 송이 받았다. 30분이나 기다린 보람이 있었던 근사한 식당에서 와인도 마시고 식사도 하면서 스페인의 밤에 취했다.

그러나 우리는 밤에 잘 방이 없었다. 공항 근처 호텔은 너무 비쌌고 먼 곳에 있는 호텔은 이동하는 교통비가 비쌌다. 또 새벽 6시까지 공항에 나와서 대기해야 했기에 경비 절약도 할 겸 젊은 아들 딸도 못해본 경험인 공항 대합실에서 노숙을 하기로 했다. 공항의자에서 잠을 청하면서 조금 불편하지만 이렇게 따뜻하고 큰방에 뜨거운 물 펑펑 나오는 집이 있어 다행이라고 긍정적으로 마음을 비우고 공항에 신세를 졌다. 공항은 여행객들로 의자는 물론이고 바닥까지 대만원이었다. 우리가 노숙하는 모습이 혹시 TV뉴스에 나왔는지 집으로 전화해서 물어보는 여유도 부렸다.

우리 일행 8명은 3사람이 먼저 귀국길에 오르고 다음날 5명이 무사히 귀국을 했고, 한 달 뒤 에프터를 우리 집에서 가졌다. 사진을 교환하고 서로서로 할 얘기가 많았다. 젊어서도 못 해본 공항 노숙을 이 나이에 해보았다며 이런 귀한 경험을 허락해준 아이슬란드 화산재에 감사하며 우의를 다지는 건배를 했다.

또다시 이런 상황이 온다면 이젠 즐길 줄 아는 여유를 갖고 차분히 대처할 수 있는 힘을 이번 여행을 통해 저축했다. 인내력을 마음껏 실험한 스페인 여행, 잊지 못할 공항 노숙을 추억 삼아 또다시 떠나고 싶다. 여행이란 삶을 살면서 자신을 성찰하고 겸허함을 배우는 것 중에 제일이라 생각한다. 전화벨이 울린다. 공항 노숙 동지 중 한 사람이 다음에 가기로 한 인도 여행은 잘 추진하고 있는지 묻고 있다. 아니 벌써 노숙체험은 새까맣게 잊었나 보다.

# 가을의 비밀

水묵화를 닮은 늦가을이 쉰 소리로 부른다
이른 봄 연두를 나긋나긋 부르며 아껴둔 목인데
그만 여름에 흥분해서 고래고래 소리를 질렀다.
초록들이 투구를 쓴 로마병정들처럼
우르르 떼거지로 몰려왔다.
그 위세가 너무 대단해 보는 사람마다 탄성을 질렀다
그러나 격정의 시간은 열흘을 넘기지 못하고 끝났다


물방울이 바위를 뚫는다는 어디서 많이 들어본 말은
굳이 검색해볼 필요가 없다
서릿발 몇 개로 뒷방 노인네가 되었다
새삼 뭉쳐서 대항하려고 전령을 보냈지만 함흥차사가 되어 돌아왔다
싸늘한 죽음을 끌어안고 핏빛 울음을 울었다
더러는 노란색도 있었고 결기 다진 푸른색도 있었지만
이미 기운 전세는 12색 색상표가 모자랐다

징신 차리리고 찬물 세수를 했다
원하지 않았던 무채색이 되었다
열흘을 넘기지 못하고
바삭한 몸을 보여 주라고 조른다
피붙이들이 떠난 등걸은 정말 보여 주기 싫은데
이제 내 힘으로 할 수 있는 것이 하나도 없다

그러나 누구에게나 비밀은 있는 법
나의 뱃속
한 살을 동그랗게 수태 했다
저금은 이자를 준다
때에 따라 복리 이자를 줄 때도 있다
호호호 웃음을 감추고 배를 어루만진다

## 제 3 부
# 날마다 문 닫는 박물관

# 윤증 선생 고택을 찾아서

**답**사는 항상 설렘이다. 특히 옛 선비의 고택을 찾아 그분의 숨결을 느껴보는 일은 오늘날 우리들이 소소한 일상의 탈출을 넘어 누리는 축복의 시간이다. 빨갛게 익은 고추, 감나무 양팔 가득 주렁주렁 매달린 감들, 길섶에서 말린 나락을 자루에 담아내는 촌로의 모습이 한 폭의 수채화로 다가온 초가을, 충남 논산시 노성면 교촌리에 소재한 '명재明齋 윤증尹拯:1629-1714 선생' 고택을 찾았다.

윤증 선생은 조선후기의 대학자로 숙종 임금이 대사헌 · 우참찬 · 좌찬성 · 우의정 등을 제수했으나 효행과 학문에 열중하기 위해 사양했다고 전해지고 있다. 또 '우암 송시열' 사문에서 공부했으나, 나중 서로 학문의 지향하는 바가 달랐다고 한다. 300년 된 고택에는 90세 넘은 종부가 살고 계셨는데 단아한 손녀딸의 안내를 받는 영광을 누렸다.

예의를 갖추고 염치 있게 내외의 살림을 꾸릴 수 있을 정도로만 안채, 사랑채, 대문간 사당이 있다. 후덕스러움이 집안에 가득했다. 종손이 지금도 살고 있기 때문에 사람의 살아있는 숨결이 느껴진다. 전생에 웬만한 덕을 쌓지 않고서는 그런 호강을 할 수 없다고 생각되니 체념은 하지만 마음으로는 몹시 부러웠다.

고택의 사랑채에는 담이 없었다. 감출 것이 없는 당당한 삶을 산 선비의 집이다. 그러나 눈에 띄는 재미있는 부분들이 있다. 그 중의 하나가 사랑방 아랫목 북쪽 뒷방으로 들어가는 샛장지다. 만살 모양창으로 만든 네 짝의 미닫이인데 가운데 두 짝을 좌우로 밀어 끝의 짝에 겹치게 하고 열면 여닫을 수 있다. 끝의 문짝이 돌쩌귀에 달렸기 때문에 개폐가 가능하다. 이때 문지방의 일부가 문짝과 함께 열린다. 문지방을 잘라 놓은 것이다. 말라 뒤틀리면 문지방이 이가 맞지 않는데도 이렇게 여닫을 수 있게 만든 자신만만한 도편수의 솜씨가 대단하다.

앞마당으로 들어선다. 예의를 중시하던 선비님 댁은 내외 벽을 들였다. 갑자기 손님의 방문을 받으면 준비할 시간이 있어야 했다. 이를 위하여 내외 벽을 만들었다. 내외 벽은 면벽, 가리개라고 부른다. 문의 안이나 밖에 작은 벽을 따로 쌓기도 하고 문간의 내벽을 이용하는 구조인데 이집은 문간 안벽을 활용하였다. 문을 들어서서 방문객이 벽을 향해 "이리 오너라" 하면 "누구시냐고 여쭈랍신다" 하며 찾아온 연유와 신분을 묻는다. 벽체를 사이에 두고 안팎에서 주고받는 대화다. 그 사이 안에서는 손님을 맞을 준비를 한다. 신분이 확인되고 들어와도 좋다는 전갈을 받아야 벽을 지나 안마당에 들어올 수 있었다.

안마당은 널찍하고 반듯하며 정갈하다. 기둥 사이가 넓어 보여 편안해 보인다. 안채의 여유로움과 멋스러움은 햇볕이 가득한 넓은 대청이다. 육간대청은 넓은 대청을 의미하는데 이집 대청은 8간이다. 대청 기둥 사이의 간살이 넓은데 비하여 기둥은 낮은 편이라 차분해 보이고 안정적이다.

대청마루는 남쪽 지방에서 발달한 구조다. 구들은 북방에서 발전했다. 구들과 마루가 한 지붕 아래 공존하는 것은 한옥의 특징이다. 대청의 마루는 한옥만의 특색인데 그 마루를 우물 모양으로 짜는 방법은 우리나라에만 있다. 대청의 뒤쪽 머름대 위에 바라지창이 달렸다. 이 바라지창을 밀어 좌우로 열어 제치면 바로 뒤뜰, 후원이 바라다 보인다. 대나무 숲이 무성한 후원의 시원한 바람이 여름의 더위를 씻어 준다. 트인 앞과 열린 뒷문을 통하여 부는 시원한 바람은 태극선 하나로도 시원한 여름을 지낼 수 있는 우리네 가옥의 멋스러움이다. 대청마루는 여름에 시원하게 지내는 장소로도 유용하지만, 여러 사람이 모여 잔치 음식을 장만하거나 할 때, 집안 행사에 모이는 곳으로, 제사를 지내고 손님을 맞이하는 다목적 공간이다.

안채는 어머니의 공간이고 사랑채는 아버지의 공간이다. 안채에서 사랑채로 가려면 샛담에 설치된 쪽문을 지나야 한다. 사랑채에 손님이 오면 이 문은 닫힌다. 수발하는 사람만 출입할 수 있다. 예의를 지키기 위한 담이고 문이다. 갖추되 지나침이 없다는 옛말을 이런 데서도 맛볼 수 있다. 소박하며 느긋한 정서와 생활이 공존하고 있다.

부엌에서 뒷문을 열고 나서면 곳간과 찬광이 있고 후원으로 가면 언덕 위에 장독대가 있다. 깨끗하게 정돈된 독이 가지런하다. 윤증 고택의 장맛은 대대로 그냥 간장이 아니라 약용으로 쓰일 정도로 근동에서는 유명하다. 배앓이를 하거나 숙취 해소에 간장을 물에 타서 마시면 큰 효험을 본다고 한다. 300년 동안 내려온 귀한 장맛을 볼 수 있다.

후손들이 묵묵히 지켜내고 있는 고택의 빛깔 고운 마루에 앉았다. 종갓집을 안내해 준 손녀가 한 잔의 차를 내왔다. 찻잔 속의 은은한 향이 고택을 더욱 향기 나게 한다.

# 145년 만의 귀향

「외규장각 의궤 귀환 환영 대회」 초대장이 일일 특급 등기로 도착했다. 문화체육부장관이 중앙박물관 자원봉사자인 나에게 보낸 것이다. 2011년 6월 11일 토요일 오후 4시 서둘러 경복궁 근정전을 향했다. 엄중한 통과의례를 마치고 도착한 근정전 뜰에는 박물관 자원봉사자들은 물론 초대 받은 각계각층 인사들이 앉아 있었다. 의자에는 각각 외규장각 의궤 중 가장 백미로 꼽히는 '영조 정순왕후 가례도감' 이 그려진 부채와 순서지, 통역기기가 놓여 있었다. 대통령과 영부인이 입장하고 행사 시작을 알렸다. 정면 대형 TV에서는 의궤봉안 이봉 행렬 실황이 생중계되고 있었다. 이윽고 행렬이 입장했다. 가마에서 의궤를 단상 의궤상에 봉안을 시작으로 의궤가 안치되고 환영의 오방북춤이 연주되었다. 헌관의 국궁사배, 작헌례 등이 있었고 장관의 고유문 낭독이 이어졌다. 국립중앙박물관장의 경과보고에 이어 집사와 헌관이 또 다시 네 번 절을 올리고 제관들이 퇴장하는 순서가 이어졌다. 축하공연으로 국립국악원 무용단의 춤과 북의 대합주 공연이 있었다.

조선왕조 기록문화의 꽃이라 불리는 의궤儀軌는 의식儀式과 궤범軌範을 뜻하는 단어로 왕실에서 주관하는 주요한 의식 행사의 전 과정을 기록한 보고서다. 행사의 내용에 따라 왕실의 혼례식, 장례식, 책봉 의식, 궁궐과 사당의 영건, 공신 녹훈 등 다양하다. 또 행사의 진행 일정, 담당 관헌의 명단, 제작된 기물, 사용한 물품의 종류와 양, 차출된 장인들의 명단과 임금, 의궤 제작 관계자 명단 등 행사 전반에 걸친 다양한 정보가 담겨있다. 화려한 행렬도인 반차도는 행사의 하이라이트 행렬을 그린 것으로 왕실 행사를 직접 보고 있는 것 같은 느낌이 든다. 현재 서울대학교 규장각 한국학연구원과 한국중앙연구원 장서각, 일본 궁내청 등에 3,000여 책이 보관되어 있다.

1782년 정조는 왕실의 중요 자료를 영구히 보존하기 위해 강화도에 외규장각을 세웠다. 외규장각에는 어보御寶, 교명敎命, 어제御製, 어필御筆, 의궤儀軌, 지도 등 왕실 관련 자료들을 보관했는데, 외규장각에 보관하던 소장 도서는 약 6,000여 책에 이르렀다. 1866년 병인양요 때 프랑스군의 침입으로 건물과 함께 대부분의 왕실 자료들이 거의 다 소실되었고, 퇴각하던 프랑스군이 은괴 19상자와 함께 약탈한 서적 중에 외규장각 의궤가 포함되어 있다. 이 서책들은 프랑스국립도서관에 소장되어 100여 년 동안 그 존재가 잊혀졌다가, 1975년 '박병선 박사'의 노력으로 세상에 다시 알려지게 되었다. 그 후 각계의 노력으로 '수빈휘경원소도감'에 이어 297책 의궤가 145년 만에 고국 땅으로 돌아와 고유제를 가진 것이다. 박병선 박사와 수많은 분들 노력의 결과이다.

의궤는 왕의 열람을 위해 제작한 어람용御覽用 1부와 여러 곳에 나누어 보관하기 위한 분상용分上用 5~9부 내외가 제작되었다. 어람용은 고급 종이인 초주지에 해서체로 글씨를 썼으며, 붉은 선으로 가장자리를 둘러 왕실의 위엄을 나타내었고 그림은 천연 안료를 사용하여 곱게 채색하였다. 고급 비단으로 표지를 만들어 놋쇠물림으로 묶고, 둥근 고리와 5개의 박을정朴乙丁과 국화동菊花童으로 장정함으로 책의 품격을 높였다. 일반 의궤는 저주지가 사용되었으며, 검은 선을 두르고 삼베를 썼다. 의궤는 전대前代의 의식 과정을 모범으로 삼고 후대後代의 시행착오를 방지하고자 하는 취지에서 만들었다. 이미 2007년 유네스코 세계기록유산으로 등재되어 세계적으로 그 가치를 인정받았고, 지금 프랑스에서 145년 만에 돌아온 의궤는 서울대학교 규장각에 보관된 책과 더불어 조선 기록문화의 정수를 보여주고 있다.

대통령의 축사가 이어지고 있었다. 하늘은 유난히 푸르렀다. 구름

한 점 없는 창공에 이름 모를 새 두 마리가 무심히 날아오르고 있었다. 병인양요 때 쓰러진 관군의 넋일까. 전쟁 중에 억울하게 유명을 달리한 이름 모를 백성의 넋일까 공연히 가슴이 뭉클했다. 편경과 편종의 청아한 음색이 연주의 시작과 끝을 알리는 박 소리와 함께 긴 여운으로 가슴에 남는다. 145년 만에 귀향길에 오른 의궤 속 인물들은 어떤 생각을 하고 있을까, 오늘 고유제를 집전하는 제관들도 언젠가는 이 땅을 떠날텐데 앞으로 예법에 맞는 이런 행사 주관은 누가 할까, 이렇게 역사적인 행사에 참석을 또 할 수 있을까? 별의별 생각이 떠오른다. 축하공연 내내 '대통령 내외분'도 '박병선 박사님'도 도서 반환을 강력히 주장한 '자크 랑' 문화장관과 '뱅상 베르제' 파리 7대학 총장도 우리와 똑같은 플라스틱 의자에 앉아 초여름 햇빛을 그대로 받고 있었다.

이 역사적인 자리에 참석해서 행사를 지켜본다. 단상 아래는 검은 선글라스를 쓰고 검은색 가방을 든 경호원이 차려 자세로 서 있다. 그 당시 행사 때 의궤 그림을 그리고 서책에 꼼꼼히 기록했던 도화서 화공들과 관계자였던 명필 관원들의 이름을 불러본다. 조선을 개국해서 경복궁을 법궁 삼았던 태조 이성계도, 백성을 위해 한글을 창제했던 세종임금도, 외규장각을 세운 정조임금도 하늘에서 이 광경을 보고 있을 것이다.

# 나도 할 수 있어요

올 봄에는 감기를 달고 살았다. 손녀딸이 다니는 어린이집에서 감기를 얻어 와서 할머니인 나에게 나누어 주었다. 이번 감기는 고열이 나는 것도 아니고 기침이 가끔 나고 목이 조금 아팠다. 병원에 가기는 좀 그렇고 견딜만하게 아팠다. 1주일 정도 버티다가 병원에 갔는데 주사를 맞고 약을 먹어도 차도가 없었다. 초기에 병원에 갈 걸 후회했다. 몸이 아프니 괜히 우울했다. 싱그러운 봄날 심란하고 짜증이 났다. 감기와 싸우다 입맛도 없고 모든 일이 하기 싫고 의욕 상실이었다.

그러던 날 지난 신문지를 치우다 '구정 소식지'에서 자전거 타기 교습 알림을 보게 되었다. 무조건 등록을 했다. 자전거 타는 일은 평생 해보고 싶은 버킷 리스트 중 하나였다. 공원이나 재래시장을 오갈 때 자전거를 타는 사람들이 엄청 부러웠다. 나보다 나이가 많아 보이는 할아버지나 할머니가 자전거를 타는 모습은 경이로워서 마음속으로 박수를 보내곤 했다. 날씬하고 예쁜 아가씨가 모자를 꾹 눌러쓰고 짧은 반바지를 입고 페달을 밟는 모습에선 젊고 싱그러운 향기가 났다. 또 동호인들이 두건으로 얼굴을 가리고 헬멧을 쓰고 민망한 쫄바지를 입고 줄을 맞추어 지나가는 모습은 너무나 멋져 보였다. 친구들에게 자전거 타기에 도전한다고 했더니 이 나이에 넘어져 뼈라도 부러지면 큰일이라며 말리기도 하고, 자신도 동네 한 바퀴쯤 자전거로 달려보는 것이 소원이라며 용기가 부럽다고 격려해 주는 친구도 있었다.

드디어 교육 첫 날, 설레는 마음으로 교육 장소에 모였다. 교관 선생님의 지도로 연습용 자전거에 올라타서 페달링 연습을 했다. 다음 날은 운동장으로 옮겨 얕은 언덕배기에서 교관이 시키는 대로 움직였더니 와! 페달이 밟아지는 신기하고 대단한 일이 시작되었다. 비틀비틀 코너를 돌고 좁은 가림막 사이를 지나고 가끔은 넘어져 겁이 났지만, 오늘은 동호대교, 내일은 양재숲, 모레는 미사리… 서울의 이곳저곳을 차례로 내 구역으로 만들어 갔다. 매일매일 장족의 발전을 거듭하고 있었다. 집에 돌아오면 파김치가 되었지만 감기는 어디론가 도망가고 없었다. 언덕에서는 철커덕 기어를 올리고 내리막에서는 찰카닥 기어를 내리고 너무너무 신나고 즐거웠다. 달랑 바퀴 두

개에 몸을 싣고 온 몸으로 바람을 맞으며 씽씽 달리는 자전거 타기는 희열 그 자체였다. 교육생 연령이 4, 50대가 대부분이었지만 60대도 한 분 있었다. 서로서로 서툰 솜씨를 격려하고 간식도 나누면서 우정도 쌓아갔다.

비가 오는 날에는 자전거의 역사, 종류, 명칭 등 이론을 공부했다. 연습용이나 보통 자전거는 자전거를 세워놓는 발이 있지만 마니아용 자전거는 프레임이 다이아몬드형으로 세우지 못하고 그냥 풀밭에 뉘어 놓게 되어 있다. 또 자전거는 생각보다 값이 비싸고 분실하기가 쉽다고 한다. 잠깐 한번 타보겠다며 그냥 타고 도망가는 도둑도 있다고 했다. 자전거는 자신의 분신과 같이 생각해서 잠깐 쉴 때라도 30㎝ 이내에 세워야 한다는 교관의 교육은 자전거 사랑으로 이어져, 덜컥 자전거를 구입하게 되었다. 비싼 것은 아니지만 자전거를 매일 매일 닦아주며 사랑을 나누었다.

이론을 배우고 나서 얼굴에 두건과 선글라스를 쓰는 이유를 알게되었다. 자전거 길은 주로 한강변이라 하루살이 같은 날벌레들이 많이 날아다닌다. 그 작은 벌레가 콧구멍이나 눈에 들어가면 어찌나 간지러운지 그만 균형을 잃고 넘어지게 된다. 60킬로그램의 몸뚱이가 1그램도 안 되는 벌레에게 KO패 당하는 꼴이다. 그래서 꼭 두건을 쓰고 선글라스를 써야 한다.

특히 머리 안전을 위한 헬멧은 필수 장비이다. 또 쫄바지를 입는데 엉덩이에 작은 방석쿠션이 있는 기능성 바지이다. 오랜 시간 주행을 하다 보면 이 또한 필수품이다. 날렵한 헬멧을 쓰고 두건으로 얼굴을 가리고 선글라스를 쓰고 자전거 차림새의 백미인 쫄바지로 패션을 완성하면 완전한 변장이 된다. 그래서 자전거 타는 사람은 나이를 알 수 없다. 빚쟁이를 피하려면 자전거를 배우라는 유머가 있다.

힘들었지만 자전거타기를 배워 작은 소망을 이루었다. 자전거를 타면서 감사와 고마움의 4주간을 보냈다.

요즈음 어딜 가나 정리가 잘 되어 있는 아름다운 길이 많지만, 자동차를 타고 스치듯이 지나치는 곳이 아니고 두 다리로 걷는 곳도 아닌, 스피드도 느끼면서 시원한 바람의 냄새를 맡는 한강변의 아름다운 자전거 길에 찬사가 절로 나왔다. 튼튼한 두 다리로 페달을 밟을 수 있어 감사했다. 다리가 불편하거나 아파서, 나이가 많아서, 바빠서, 용기가 없어서, 시간이 없어서 자전거를 배우지 못하는 사람이 많다. 초급 2주 중급 2주의 한 달 교육이 끝나고 빛나는 수료증을 받는 날 교관 선생님이 "나이 많은 주부 여러분이 자전거 타는 일은 청년이 군대를 다녀오는 것만큼 대단한 일"이라며 격려와 칭찬을 아끼지 않았다. 그만큼 나이 먹어 배우는 자전거 타기는 용기가 필요하고 힘든 일이기도 했다.

사방에 에어백이 있어 부딪히더라도 최소한의 안전함을 보장받게 되는 자동차 운전과 달리 온 몸으로 바람과 부딪히는 자전거 타기는 위험한 일이지만 스릴과 낭만이 있다. 넘어지면 즉각 바지가 찢기고 무릎이 깨져 피가 돋아나고 어깨가 욱신욱신 하지만, 자전거 타기에는 묘한 중독성이 있어 곧 자전거 마니아가 되고 만다.

요즈음 길을 지날 때마다 다른 사람 자전거에 저절로 눈길이 간다. 가을에는 메타세콰이어가 줄지어 서 있는 멋진 남이섬의 길이나 코스모스 한들한들 피어있는 고수부지에서 자전거로 같이 달릴 친구를 긴급히 모집한다.

# 수요일

**사**계절 내내 나에게 수요일은 특별한 날이다. 2000년도 세상은 새로운 세기를 맞아 '밀레니엄 시대'라고 환희의 폭죽을 터뜨렸지만 그때 남편은 입원과 퇴원을 반복하며 온갖 수치數値들의 오르내림에 일희일비一喜一悲하며 병마와 치열하게 싸우고 있었다. 다행히 병세가 호전되자 마음이 안정되는 여유가 생겼고 병원 이곳저곳이 눈에 들어왔다. 남편이 건강을 되찾은 감사함을 어떻게든 누구와라도 함께 나누고 싶었다. 그때 병원 곳곳에서 환자들을 돕는 자원봉사자들의 모습이 보였다. 그날이 수요일이었다. 스스로 자원봉사자실을 찾아갔다. 성당에서 '월간 소식지' 편집을 해본 경험을 살려 병원 '자원봉사자 소식지' 편집을 시작으로 매주 수요일 병원 안내 봉사를 했고, 내친김에 수요일 팀장도 맡았다. 몇 년이 지나 봉사 시간이 1,000

시간이 넘어 1004(천사) 배지를 받는 영광도 누렸다. 이렇게 오랜 시간 동안 매주 수요일은 병원 자원봉사의 날로 특별한 의미를 지닌 채 지내오고 있다.

누구나 병은 예고 없이 찾아오기 때문에 환자나 보호자로서 병원에 오게 되면 불안하고 사소한 일도 민감하게 받아들이게 된다. 그분들을 위해 직원이 아닌 자원봉사자의 역할은 대단히 중요하다. 봉사자들은 응급실이나 중환자실에서 간호사를 도와 치료를 원활하게 할 수 있도록 소독을 하거나 침상 정리를 하고, 기계 수납처에서 처방전 받는 일을 돕기도 한다. 환자 머리 감겨 주는 일, 어린이 환자에게 구연동화 들려주기, 수술을 앞둔 환자와 상담을 하기도 한다. 기다림에 지친 환자와 보호자에게 병원에서 제공하는 음료수를 서비스하기도 한다. 수술실에서 필요한 가제나 면봉 등 여러 필요 물품을 손작업을 통해서 만드는 일도 중요한 봉사자의 업무 중 하나이다. 복잡한 병원 안에서 길을 잃은 환자나 보호자들에게 가야할 곳을 설명해주는 위치 안내는 '봉사의 꽃'이다. 안내 봉사자들은 대개 경력이 많고 특히 친절도가 뛰어난 베테랑들이다. 스스로 시간을 내서(자발성), 자신의 이익이나 일시적 감정이 아니라 이웃과 더불어 사는 삶(공익성)을 지향하며, 규칙적으로(지속성), 어떤 대가를 바라지 않고(무급성), 특별한 날만 남에게 보이려고 하는 일이 아닌 일상적으로 하는 일(일상성)이 특징인 자원봉사는 결코 쉬운 일은 아니다. 그러나 많은 분들이 열심히 봉사를 하며 마음의 부자가 되어가는 즐거움을 나누고 있다.

자원봉사를 하면서 알게 된 재미난 비밀 아닌 비밀이 있다. 병원에서 휠체어를 타고 가는 모습을 보면 환자와 보호자의 가족관계를 알수 있다. 보호자가 환자의 휠체어를 밀면서 다정다감하게 얘기를 나누며 환자의 얘기에 귀를 기울이는 모습의 관계는 영락없이 딸이다. '아직도 그대는 내 사랑이다' 한편 경직되고 의무적인 모습의 보호자는 틀림없이 '가까이 하기엔 너무 먼 당신'인 며느리이다. 여기서 아들의 모습은 요즘 유행어로 '안 봐도 비디오'다. 환자인 부모는 오랜만에 만난 사랑하는 아들에게 이 얘기 저 얘기를 하고 싶어 한다. 발병 원인이나 병의 진행과정, 또 가정사에 대해 의논하고 싶은 모습이 역력한데 아들은 묵묵하다. 정다운 부축은 고사하고 남처럼 무표정으로 걸어간다. 휠체어를 타지 않고 걸어갈 때에는 아들은 앞서서 바빠 죽겠다는 표정으로 빠른 걸음으로 가면서 부모님께 빨리 오라고 소리까지 지른다. 어제는 정다워 보이는 부자父子가 위치 안내를 받고자 내게 왔다. 안내를 해드리고 아드님이 참 자상해 보입니다 했더니 "우리 사위요" 한다. 그 무뚝뚝한 아들들이 곰살 맞은 사위로 변신한 것이다. 왜 아버지와 아들은 같은 성씨를 쓰는 피붙이이며 이세상에서 가장 닮은꼴인데 서로 소원하게 지내는지 '희미한 옛사랑의 그림자'란 말이 딱 맞는다.

　네 발로 걷는 초보 인간인 아이는 호사스러운 유모차를 타고 모든 이들의 관심과 사랑을 받는다. 유모차 값이 만만치 않아 중고차 값만큼 비싼 것도 자식에게 척척 사주는 아들들이 똑같이 네 발로 걷게 된 늙은 부모에게는 정답게 말도 붙여 주지 않으니 '그래 너도 늙어 봐라' 하는 늙은 아버지들의 원성이 큰 고함으로 들리는 듯하다.

　살아생전 건강한 웃음 전도사로 우리들에게 기분 좋은 울림을 주던 황수관 박사의 까치 이야기가 떠오른다. 정신 건강이 좋지 않은 80세 아버지가 50세 아들한테 물었다. "저 새 이름이 무엇이냐?" "예 아버지, 까치입니다." 아버지가 또 물었다. 세 번까지는 대답을 했는데, 네 번째 질문에는 "금방 가르쳐 드렸는데 또 묻냐"며 성질을 버럭 냈다고 한다. 그러나 자기 자식이 같은 질문을 하자 열 번을 물어도 웃음으로 답을 해주었다는 이야기다. 자식한테 베푸는 사랑의 10분의 1만 부모에게 베풀어도 효자 소리를 듣지만 옛날부터 효자는 책 속에 있었다. 사랑은 내리사랑이니 어쩌랴! 피라미드를 지키는 스핑크스가 지나가는 사람들에게 수수께끼를 낸다. 어려서는 네 발, 젊어서는 두 발, 늙어서는 세 발로 걷는 것이 누구냐고.

# 이해인 수녀님

**요**즘 모 방송국에 '나는 가수다(나가수)'라는 프로가 인기 최고다. 이 프로그램에 방청객으로 뽑히는 영예를 얻으려면 수백 대 일의 경쟁을 해야 한다. 한번 신청해 봤는데 당연히 탈락했다.

6월의 어느 토요일 오후 '나가수' 못지않은 유명 콘서트에 초대받았다. 이해인 수녀님의 신간, 『꽃이 지고 나면 잎이 보이듯이』를 소개하는 북 콘서트였다. 음악 콘서트는 여러 번 가 보았어도 북 콘서트는 처음이라 생소한 느낌이었지만 마음속으로 흠모와 존경을 보내는 수녀님을 만난다는 설렘이 앞장을 섰다.

콘서트 장소인 명동성당에 들어서니 예수님이 양 팔을 벌리고 서 계신다. 그 모습에서 누구든지 포근히 안아줄 것 같은 마음의 위로를 받는다. 작은 언덕을 올라 본당 건너편 꼬스트홀로 향했다. 입구에는 수녀님의 어린 시절 사진들이 꾸며져 있고 수녀님께 질문을 남기는 쪽지를 붙이는 메모판도 붙여 있었다. 사진 속에서 웃고 있는 아직 수녀가 되기 전의 앳된 20대의 이명숙씨(수녀님 이름)와 인사를 나누고, 질문 메모판에 '수녀님은 언제가 가장 행복하세요?'라는 질문지를 붙였다.

드디어 콘서트가 시작되고 우레와 같은 박수를 받으며 하얀 수도복 차림의 수녀님이 무대에 올랐다. 수녀님의 집인 부산 베네딕토 수도원의 모습과 수녀님의 일상을 보여주는 영상이 소개됐다. 수도원에는 지금까지 펴낸 책들과 쓴 글, 독자들이 보내온 편지와 선물들로 가득한 '해인글방'이 있다. 수녀님의 시 낭송 중간에 '서율:책의 노래'라는 예쁜 이름을 가진 노래패가 수녀님의 고운 시에 곡을 붙여 들려주었다. 지인이신 김 신부님과 피아니스트 노영심 씨, 그리고 독자들이 게스트로 참여해 수녀님의 시를 낭송하기도 했다. 수녀님의 시작詩作 노트도 공개되었다. 어떤 시는 어떤 일이 모티프가 되어 쓰게 되었는지 수녀님의 친절한 배경 설명을 들으니 시가 더욱 새롭게 다가왔다. '내게 축시를 받기 위해서라도 결혼을 해야겠다고 말했던 영희'로 시작되는 시詩 '영희에게'는 서강대 교수였던 장영희를 위한 추모시였다. 서율이 수녀님의 시에 곡을 붙여 노래를 할 때 친구를 그리는 절절한 이별을 공감하며 마음이 짠해져 진짜 내 친구를 떠나보낸 것처럼 슬픔이 느껴졌다.

일 년 전 지병을 앓던 친구가 저 세상으로 떠났다. 국어 선생이라 글재주도 좋았지만, 재봉틀을 드르륵 돌려 손수건, 묵주 주머니 등 예쁜 소품을 끊임없이 만들어 내는 손재주는 일품이었다. 이 친구에게 선물을 받지 않은 이가 없을 정도로 꽃다발과 화분, 선물을 항상 이웃에 나눠주던 친구였다. 게다가 입담도 좋고 노래도 잘하는 만능 재주꾼에 성격도 시원시원하여 주변을 늘 건강한 에너지로 바꾸는 친구였다. 그 친구가 오랜 투병 끝에 세상을 떠났을 때 그 여문 손끝이 아까웠고, 그 고운 마음이 애잔했다. 그 친구의 장례식에서 내가 쓴 추도사를 읽었다. 친구의 추도사를 쓰면서 유한有限한 내 삶을 다시 한 번 성찰하는 시간을 가졌다. 내가 죽는다면 과연 누가 나의 추도사를 써줄까?

그 친구의 막역한 지인이 바로 이해인 수녀님이다. 수녀님은 부산의 푸른 바다海를 바라보며 편안함과 위로를 받았고, 평생을 자비와 사랑을 뜻하는 인仁을 실천하는 일에 일생을 바치기로 하고 해인海仁이라는 가슴 따뜻한 필명을 얻었다. 수녀님이 서울 오시면 박완서 선생님, 신수정 피아니스트, 김점선 화가처럼 각계의 유명한 분들이 오시어 함께 했다. 그분들과 친구와 함께 찍은 사진도 여러 장 간직하고 있다. 친구가 가고 난 뒤 첫 번째 기일에 수녀님과 내가 함께 초대를 받았고 이후 수녀님이 서울 오실 때면 내가 친구 대신 수녀님을 뵈었다. 수녀님은 평소에 작은 보물 상자 가방을 가지고 다닌다. 가방 속에서 예쁜 스티커가 뿅 하고 나와서 아기 울음을 그치게 하고, 색색 예쁜 색연필은 북 콘서트에서 독자들에게 사인을 선물한다. 유명한 마더 테레사 수녀님과 김수환 추기경님, 법정 스님과 찍은 사진은 우리들을 기쁘게 한다.

수녀님은 북 콘서트 무대 위에서 지금 자신이 병마와 싸우고 있다는 얘기를 했다. 보통 사람들은 하기 어려운 말이다. 정말 대단하고 멋진 분이라고 생각한다. 서울에 올 때마다 가족이나 친지가 유명을 달리해 그 날도 고모님 장례식에서 추도사를 하고 오는 길이라고 했다. 수녀님은 예전엔 이름 없는 들꽃, 민들레, 제비꽃을 좋아했는데 이제 할머니 나이가 되자 강렬한 원색의 꽃들이 아름답게 느껴진다고 고백했다. 그렇게 해서 '6월의 장미'가 탄생했고 많이 아프고 힘들지만 천사처럼 살고 싶은 마음이 '천사놀이'라는 시로 탄생했다. 『꽃이 지고 나면 잎이 보이듯이』 책에는 김수환 추기경, 법정 스님, 김점선 화가, 장영희 교수, 박완서 선생 등 먼저 세상을 떠난 친구들에 대한 사랑과 애정을 노래했다. 북 콘서트는 수녀님의 인기를 실감할 수 있는 자리였다. 5세 아이부터 88세 할아버지까지, 강원도와 제주도 등 전국에서 남녀노소가 모였다. 수녀님이 한 사람 한 사람의 질문에 답해주는 모습은 안개꽃처럼 아름다웠다.

　콘서트가 끝나고 책에 저자 사인을 해 주는 순서가 이어졌다. 주최 측에서 수녀님의 건강을 염려해 추첨에서 뽑힌 20명으로 인원을 제한했는데 '클라우디아' 라는 세례명처럼 구름 같은 인파가 몰렸다. 씩씩한 16세 명랑 소녀가 그 많은 독자들에게 색색의 색연필과 예쁜 스티커로 사인을 하고 있었다.

　수녀님과는 안부 문자를 주고받고, 서울서 행사가 있을 때 찾아뵙는다. 수녀님은 나를 먼저 간 친구처럼 각별하게 대해 주신다. 친구의 빈자리를 대신할 수는 없지만 수녀님과 함께 친구의 못 다한 인연을 조금이나마 이어갈 수 있도록 노력하고 있다. 수녀님 건강하셔요. 수녀님 사랑합니다.

# 동궐도

국립중앙박물관 중근세관 조선실 입구 로비에는 커다란 궁궐 그림이 걸려 있다. 창덕궁과 창경궁을 그린 「동궐도」다. 동궐도는 건물의 소실 여부와 재건 연대 등을 볼 때 순조 30년(1830년) 이전 어느 봄날 도화서 화원들이 그린 것으로 추정한다. 가로 576cm, 세로 273cm 크기로 16쪽 병풍으로 꾸며져 있고 국보 249호로 지정되어 있는 귀중한 문화재이다.

우리 궁궐은 중국에 비해 규모는 작지만 아담하고 내밀한 멋과 미를 함께 담고 있다. 백성의 피해를 염려해 왕은 신하에게 신하는 왕에게 절제와 균형을 청했다. 현재 서울에 남아있는 조선시대 5대 궁궐은 경복궁, 창덕궁, 창경궁, 덕수궁(경운궁), 경희궁(경덕궁)이다.

태조 이성계는 옛 조선의 영광을 계승한다는 뜻에서 국호를 조선朝鮮으로 정했다. 이는 단군조선의 유구함과 기자조선의 문명을 계승

발전시킨다는 역사의식을 담은 이름이었다. 태조 3년 한양을 새 도읍으로 정하고 도성과 궁궐, 종묘, 사직, 문묘 등을 건설했다. 그때 완성된 경복궁은 법궁(정궁)으로서 조선왕조의 근간이 되었고, 3대 태종 때에는 경복궁의 동쪽에 창덕궁을 창건했다. 경복궁과 창덕궁 양궐 체제가 확립된 것이다. 그러나 임금들은 정궁인 경복궁보다 자연과 조화를 이루고 아름다운 비원이 있는 창덕궁에 거처하는 것을 선호했다. 효심이 깊었던 성종은 대비인 세조비 정희왕후, 예종비 안순왕후, 덕종비 소혜왕후 세 분을 위해 창덕궁 옆에 창경궁을 건설했다. 창경궁은 원래 세종대왕이 상왕인 아버지 태종을 위해 지은 수강궁에 몇 개의 건물을 증축해서 붙인 이름이었다.

유네스코 세계문화유산으로 등재(1997년)된 창덕궁은 높고 낮은 지세를 거스르지 않고 언덕과 평지를 고루 이용해 배산임수에 따라 필요한 전각을 지었다. 창덕궁은 왕이 정사를 돌보고, 삼사인 홍문관, 사헌부, 사간원과 궐내각사 관원들이 매일 금천교를 지나 출퇴근하는 직장이기도 했다. 창경궁은 왕실 가족의 생활공간으로 사랑을 받았다. 남서쪽이 구릉이고 동쪽이 평지인 지세를 활용했기에 창경궁의 정문인 홍화문과 정전인 명정전은 동향東向인 점이 특이하다.

창덕궁의 대조전, 창경궁의 통명전은 왕비의 공간이다. 두 건물은 다른 건물들과 달리 용마루가 없다. 왕은 용으로 상징되는데 용이 깃드는 집에 용이 있으면 두 용이 충돌하므로 이곳에는 용마루를 만들지 않는다고 한다. 정조가 아들 문효세자를 위해 지은 중희당, 할아버지 정조를 롤 모델로 훌륭한 개혁 군주가 되고자 했던 효명세자가 공부하던 곳인 의두합(기오헌), 덕혜옹주와 이방자 여사가 지내시던 낙선재가 있다. 한번 건너면 돌아올 수 없는 다리인 옥천교는 궁과 바깥세상을 가르는 최후의 경계였다. 친부모 상을 당한 왕비 또한 사가에 가지 못하고 망곡을 했던 곳도 창경궁 옥천교 앞이었다. 궁을 걷다 보면 군데군데 잔디밭이 있는데 아직 고증이 되지 않은 어떤 전각의 터이다. 궁궐에는 원래 잔디밭이 없다. 비원은 궁 안의 아름다운 정원으로 왕실 가족들이 편안함을 느낄 수 있는 공간이다. 계절 따라 아름다운 모습으로 많은 이들을 부르는 곳이다. 정조가 꿈을 실현시키기 위해 세웠던 규장각은 역대 왕들의 시문, 친필들을 보관 관리하던 곳으로 국립 도서관 기능을 했던 자랑스러운 곳이고, 대보단은 임진왜란 때 원군을 보내준 명나라 신종의 은혜를 기리기 위해 세운 제단으로 사대주의의 단면을 보여주는 곳이다.

창경궁은 우리에게 또 하나의 슬픈 역사의 단면을 보여준다. 경술국치(1910. 8. 22) 1년 전 일제는 고종을 강제 퇴위시키고 순종을 즉위시킨다. 그리고 우리의 자긍심을 짓밟고 민족정기를 말살시키려는 의도 하에 창경궁을 창경원으로 격하시킨다. 이때 궁은 완전히 훼손되었고 사람들과 동물들의 놀이터가 되어버렸다. 과천으로 동물원이 이전하기까지 70년을 창경궁은 나라 잃은 수모를 고스란히 받았다.

망국의 뼈아픈 설움이 담긴 창경궁이었다. 이후 창경궁은 복원되어 창덕궁과 나란히 동궐로서 위상을 다하고 있다.

『나의 문화유산 답사기』를 저술한 유홍준 교수는 비 오는 날 궁궐에 가서 박석 위를 걸어보라 했다. 창경궁을 찾았다. 박석 위에 내리는 빗줄기는 어쩜 그리도 질서 정연한지… 비 내리는 궁궐 뜰에서 비오는 소리를 귀로 듣고 눈으로 보았다. 멀리서 우아한 왕비가 대란치마를 살짝 끌며 궁녀들을 앞뒤로 세우고 지나간다. 왕실 가족을 위해 일하던 궁녀들을 만났다. 18명이 600명으로 늘어난 그들의 고단한 일상이 보인다. 염고라 부르는 왕실 장독대에서 장이 익어가고 수라간 대장금의 칼 도마 소리가 분주하다. 수많은 관원들이 관복을 차려입고 삼삼오오 나랏일을 위해 들고 나는 모습이 보인다. 억세게 운이 좋아 세종대왕을 만났다. 10월 9일이 한글날임을 고하고 한글 창제를 치하 드렸다. 시공을 초월하여 그분들과 얘기를 나눌 수 있었던 것은 그곳이 궁궐이기에 가능했던 일이었다. 궁궐은 죽은 공간이 아니라 살아서 움직이고 있었다. 오늘 궁궐의 주인이 되어 지금까지는 내 눈에 보이지 않았지만 새롭게 보이는 다리 하나, 돌 하나하나의 의미를 새겨 본다. 비가 그친 궁궐에서 그곳에서 살던 왕실 가족을 배경으로 기념사진을 찍었다. 찰칵! 인화된 사진 모습이 궁금하다.

# 수수한 나라 인도

고등학교 때 세계사 교과서의 표지 그림 「타지마할」을 보면서 지구 저편 인도를 동경했었고, 법정 스님이 신문에 연재했던 「인도 기행」을 한 번도 거르지 않고 열독했던 때가 있었다. 그때 인도는 지구 저편 마음도 몸도 먼 곳에 있었다. 한 선배로부터 인도에 가자는 연락이 왔다. 타지마할을 그리며 인도로 향했다.

델리 공항에 도착했다. 입국 수속을 하려고 에스컬레이터를 타고 내려가는데 부처님들이 손을 모아 환영해 주신다. 우와! 천정아래 왼쪽 벽에 항마촉지인, 지권인, 선정인, 합장인… 수인手印으로 부처님들이 우리에게 자비를 보내주고 있었다. "웬 손 모양이 있어?" 하며 의아해하는 일행들에게 수인은 부처님의 서원이나 공덕 모습이라고 설명해주며 잘난 척을 하기도 했다. 후덥지근한 공항에 영화배우처럼 잘생긴 가이드가 황금색 꽃목걸이를 들고 나타났다. 금잔화 꽃 냄새에 취해 곤히 잠들었던 다음날 새벽 풍경은 깨끗한 호텔 너머로 생경한 인도 속살을 보여주었다. 에구머니나! 도로 이곳저곳에서 인도 남성들이 엉덩이를 보이며 볼일을 보고 있었다.

델리를 출발해 바라나시를 향했다. 사르나트(녹야원) 보드가야에서 붓다가 열반에 이르는 수도원 옛터에 위치한 34m 높이의 탑 '다메크 수파' 는 불교 4대 성지 중 하나로 꼽힌다. 사슴이 없는 녹야원에서 "방금 땅속에서 파왔다" 는 선한 눈망울의 인도 소년의 말을 믿고 10 달러짜리 부처님 상을 2달러에 샀다.

릭샤를 타고 바라나시 골목길을 달릴 때, 내가 탄 릭샤 앞에 몸무게가 무거운 서양인 부부를 태운 작은 체구의 릭샤꾼에게 괜히 미안한 마음이 들었다. 갠지스 강으로 가는 복잡한 길은 순례객, 노숙자, 걸인, 릭샤, 자동차, 오토바이, 자전거, 소와 개가 차선과 신호등을 무시하고 걷거나 달렸고, 도로변 간이식당과 노점은 음식을 사먹는 사람들로 북적댔다. 태연히 노상 방뇨하는 남성들과 소들이 너무나 자연스러워 친구처럼 보였고 긴 속눈썹에 선한 웃음을 보이며 분주히 움직이는 인도인들의 매력 속으로 빠져들어 갔다. 소들은 큰 눈을 끔벅이며 각자 제 갈 길을 가고, 사람들은 강가로 몰려들었다. 온몸에 회칠한 사람, 길을 막고 구걸하는 아기 엄마, 힌두신께 꽃을 바치는 순례객들이 '이곳이 바로 인도'라고 말하는 듯했다. 삶이 끝나고 시작된다는 바라나시 갠지스 강가 '가토'에서 향냄새 가득한 연기 속에 힌두교 종교의식인 '뿌자'가 진행되고 있었다. 순간 정신이 몽롱해져 잠시 이 순간이 생인지 죽음인지 헷갈렸다.

카주라호 서쪽 사원에서는 에로틱 조각상들이 예술성을 부여 받고 걸작이 되어가고 있었다. 잔시에서 특급열차를 타고 도시락을 먹으며 '타지마할'의 도시 아그라에 도착했다. 입구에서의 엄중한 몸수색으로 일행의 땅콩 간식과 신문지까지 압수당한 후에야 타지마할을 만날 수 있었다. 무굴제국의 영화榮華를 실감하는 샤자한 왕비의 무덤인 타지마할은 야무나 강가에 있다. 불가사의라 할 만큼 신비스럽고 완벽한 아름다움을 보여주는 건물이었다. 타지마할 탑 꼭대기를 손끝으로 잡아 올리는 모습으로 서로서로 기념 촬영을 했다. 세계사 시간에 공부하면서 그리던 인도! 그 인도의 타지마할을 심장으로 느끼고 눈으로 직접 보니 가슴이 떨렸다. 샤자한은 아들에게 왕위를 빼앗기고 강을 사이에 둔 아그라 성에서 아내를 그리워하며 말년을 보냈다고 한다. 죽은 후에는 타지마할에 아내와 함께 묻혔다. 아이를 해산하다 죽은 아내를 위한 묘지인 타지마할은 숨 막히게 아름다운 모습 속에 아내를 사랑한 남편의 사랑을 보여주고 있었다. 22년간 2만 명의 사람들이 건설한 타지마할은 이제 샤자한의 것이 아니라 유네스코에 등재된 인류 모두의 문화유산으로 수많은 관광객의 별이 되고 있었다.

9월 말이라 무더운 여름 날씨였다. 우리 여행객은 에어컨 버스를 타고 이동하는데 정작 우리를 태워가는 기사와 조수의 자리는 승객들과 칸막이가 되어 에어컨이 나오지 않았다. 땀을 수건으로 연신 닦아가며 선글라스, 모자 하나 쓰지 않고 햇빛을 그대로 맞으며 운전하는 기사는 거의 철인 수준의 기술로, 반대방향으로 걷는 사람들을 피하고 소들을 피하며 보통 5시간을 울퉁불퉁 노면을 쉬지 않고 달렸다. 2시간마다 휴게소에 들러 차량과 승객이 휴식하는 우리네와 사정이 너무 달라 안타까웠다.

핑크 도시 자이푸르의 암베르성을 오르면서 수십 마리의 코끼리들이 아름답게 치장을 한 코끼리 택시를 탔다. 무섭기도 하고 재미있기도 했다. 그 모습을 소년들이 사진을 찍어 팔기에 샀는데 실수로 호텔에 두고 온 일이 못내 아쉽다. 레드포드 강둑에 있는 인도의 국부 간디 묘역은 생각보다 소박했다. 동그란 안경을 쓰고 조국의 독립을 위해 비폭력 불복종 운동을 했던 '간디'와 '기탄잘리'로 동양인 최초로 노벨상을 수상한 '타고르'의 나라 인도 여행은 한동안 나의 못 말리는 역마살을 잠재워 주었다. 탄두리 치킨과 카레는 우리가 가끔 먹는 치킨과 카레 맛이랑 거의 비슷했는데, 인도 빵 '난'은 호텔마다 다른 맛으로, 또 그 담백하고 고소한 냄새로 오래도록 인도여행을 추억하게 했다. 사탕수수 즙, 홍차 짜이의 맛도 그립다. 12억 인구가 카스트 제도 속에 살고 있고, 3천 명 정도는 시위를 해야 겨우 신문에 뉴스로 나온다는 인도, 할리우드보다 더 많은 영화를 찍고 관람하는 나라인 인도는 정말 매력적인 나라다. 수수한 나라 인도, 열악한 환경에 원망은커녕 부처님과 힌두신 회교신에 감사하는 인도 사람들, 그들의 여유와 선함이 또 인도행 비행기를 타고 싶게 한다. 기회가 되면 꼭 또 가보고 싶다.

Namaste India !!!

# 청산도에 가보셨나요

**봄**의 끝자락 멀리 남쪽 끝 청산도에서 꽃들이 초대장을 보내왔다. 청산도 가는 길에 해남 달마산 기슭의 아름다운 '미황사' (신라경덕왕 8년)를 만났다. 절집은 대개 비슷한 모습이지만 가만히 귀 기울이면 우리를 부르는 소리는 다르다. 해질녘 자하루 벽 천불千佛의 나지막한 목소리가 들려왔다. 소 울음소리가 아름다워 아름다울 미美와 금인金人의 황홀한 빛을 상징한 황黃자를 더해 이름을 지은 미황사 풍경은 꽃들의 향연이었다. 고즈넉한 절집에 하얀 불두화, 분홍 연산홍, 초록 담쟁이는 은은한 범종 소리였고 여행객들의 마음에 포근함을 가득 안겨주는 법고 소리였다. 범종梵鐘은 아침저녁 예불 때 치는 큰 종으로, 그 소리를 부처의 음성이라 했다. 목어와 운판을 배경으로 기념사진을 찍었다. 부처님께서 어여쁜 우리 중생을 축복해 주시는 것 같았다.

모래를 밟으면 우는 소리가 난다는 명사십리 해수욕장에서는 일본으로 전량 수출한다는 톳(해초의 일종)을 말리는 모습이 장관이었다. '해상왕 장보고' 촬영지인 청해 포구에는 사진으로 세워놓은 드라마 주인공들이 우리들을 반겼다. 사물놀이, 제기차기, 투호놀이를 하면서 잠시 사극 속의 백성이 되었다. 완도 전망대에서 바라본 아름다운 야경 불빛은 천 년 전 장보고가 수많은 선단을 이끌고 이곳 청해진을 향해 오는 것 같아 가슴이 벅찼다.

다음날 청산도행 배를 탔다. 바다가 푸르고 들이 푸르고 산이 푸르고 하늘이 푸른 청산도! 오월 중순의 청산도는 청보리의 출렁거림이나 노란 유채꽃의 물결치는 모습은 볼 수 없었지만 붉은 양귀비꽃이 절정을 이루고 있었다. 양귀비 꽃밭에서 일일 배우가 되어 영화를 한 편 찍었다. 서편제 영화 속 굽이치는 돌담길 사이의 황톳길에서 주인공인 '오정해'가 되어 '아리 아리랑 쓰리 쓰리랑' 후렴구에 가사를 붙여 진도아리랑을 목청껏 불렀다. 그 모습을 사진작가 친구가 동영상을 찍었고 제목을 '서편제 속편'이라 붙였는데 서울 와서 되돌려보니 독립영화가 부럽지 않았다. 범바위에 오르면서 자석의 힘이 느껴져 핸드폰이 안 터진다는 얘기에 정말? 하며 실험을 해보았는데 결과는 직접 청산도에 가보면 안다. 제주도는 올레길, 이곳 청산도는 슬로시티답게 42.195㎞ 슬로길 11개 코스가 있다. 슬로길을 걷다 보면 척박한 산비탈을 일구어 만든 층층이 다랑이 논들이 아름다운 경관으로 다가오고 나지막한 돌담길 안마당에는 상추와 쑥갓 마늘종이 청산도의 푸른빛을 더 빛나게 하고 있었다.

청산도는 슬로시티Slow city다. 아시아에서는 최초로 2007년 12월 슬로시티로 지정됐다. 전남의 4개 지역 담양군 창평면 삼지천마을, 장흥군 유치면, 완도군 청산도, 신안군 증도와 경남 하동군 악양면, 충남 예산군 대흥면, 전주 한옥마을, 남양주시 조안면, 청송군 파천면, 상주시 이안면 등 10곳이 슬로시티로 지정되어 있다. 세계 16개국 110여 개 마을이 가입되어 있는 슬로시티로 인정받으려면 인구가 5만 명 이하이고, 도시와 주변 환경을 고려한 환경정책 실시, 유기농 식품의 생산과 소비, 전통 음식과 문화 보존 등의 조건을 충족해야 한다. 친환경적 에너지 개발, 차량통행 제한 및 자전거 이용, 나무 심기, 패스트푸드 추방 등의 의무 실천 사항이 있다.

청산도는 영화 '서편제'를 보고 나서 꼭 가보고 싶었던 곳이었고, 슬로시티로 지정된 후 더욱 더 가보고 싶은 열망이 컸던 곳이었다. 어디론가 떠나고 싶을 때 슬로시티를 한 곳 한 곳 가보려고 한다. 보다 여유로운 삶을 위하여.

날마다 문 닫는 박물관

# 한 장이면 충분합니다

오전에 말짱했던 하늘이 오후에는 소나기를 퍼부었다. 양산으로 비를 피해 집으로 돌아오는데 아파트 폐기물수거함 옆에 새 것처럼 보이는 소파가 비를 맞고 있었다. 그 옆에는 고가품으로 대접받던 대리석 식탁과 의자, TV도 있었다. 어느 집이 이사 가면서 버리고 간 가재도구였다. 그 살림살이는 이제 구청 발행 딱지를 얼굴에 붙이고 이곳을 떠나 폐기처분장으로 실려 갈 것이다.

사촌동생이 뉴욕으로 발령이 나서 이사를 하게 되었다. 이곳 가재도구는 버리고 그곳에서 새로 구입하는 줄 알았는데, 오히려 애들 이층 침대를 새로 사고, 쓰던 살림살이 그대로 짐을 부쳤다. 물론 뉴욕에는 최고급 유럽 제품이 즐비하지만 거의 중국에서 제작된 제품이라 우리나라에서 쓰던 질 좋은 물건을 그대로 사용하겠다고 한다.

올해도 어김없이 우리 집 거실에서 다른 선풍기들을 제치고 대장

노릇을 충실히 해낸 선풍기가 있다. 40살이 된 S사 선풍기다. 흰색 몸체는 누렇게 변했고 디자인이 촌스럽다며 식구들이 구박을 해도 지금까지 고장 한번 나지 않고 시원한 바람을 선사해왔다. 요즘 선풍기보다 디자인은 뒤지지만 시원한 바람 성능은 최고다. 아마도 한 십년은 더 써도 이상이 없을 것 같다. 이 선풍기 회사가 도산한 이유 중 한 가지가 제품 고장률이 적어 사람들이 재 구매를 하지 않았기 때문이라는 말이 떠도는데 확인된 사실은 아니다. 손 때 묻은 이 선풍기가 고장 나면 수리하는 곳이 없어 버려야 할 것 같다. 장마철 필수품인 우산이 너무 쉽게 망가져 못쓰게 되는 경우가 많다. 우산살이 부서진 부분을 고쳐서 쓰면 좋겠는데 수선집이 아예 없다. 동네 신발 수선점도 굽을 갈거나 닦는 작업은 하지만 실로 꿰매는 작업은 안한다. 다리미, 믹서, 드라이기 등 소형 가전제품도 고장 나면 버릴 수밖에 없다. 고장 난 가전제품을 고쳐 쓰지 못하고 생활용품을 버리는 일이 왠지 마음에 걸린다. 그러나 편리함에 길들여지는 것은 부인할 수 없는 사실이 되어가고 있다.

외손녀딸이 4년 전 태어났을 때 딸과 나는 아기한테 건강에 좋은 것은 물론이요 환경을 생각하는 작은 실천을 하자며 천 귀저기를 준비했다. 그러나 해산 뒷바라지 하며 빨아서 삶는 과정이 힘들어 내가 먼저 종이 귀저기를 쓰자고 했고 천 귀저기는 구석으로 밀려났다. 종

량제 봉투에 쌓이는 종이 귀저기를 보며 아기한테 미안한 마음이 든 것은 사실이다. 편리함에 작은 지구사랑 실천은 어디로 가고 아기사 랑 마저도 퇴색했으니 할 말이 없다. 딸도 두어 달은 천 귀저기를 쓰 더니 너무 힘들다며 슬그머니 종이 귀저기로 바꾸고 말았다.

요즘 공공기관이나 지하철 백화점 고속도로 휴게실 화장실에는 화 장지는 물론 세면기 옆에 종이 타월이 비치되어 있다. '한 장이면 충 분합니다' 라는 문구가 적혀 있지만 대부분의 사람들은 한 장 이상씩 뽑아 쓴다. 대여섯 장씩 쓰는 사람들도 있다. 자기 집 휴지도 그렇게 쓰는지, 나무 한 그루 심어 봤는지 물어보고 싶을 때도 있다.

이 지구상에서 지구를 가장 괴롭히는 존재가 인간이라고 한다. 식 물들은 자기 모습대로 인간이나 동물에게 도움을 주고, 동물들도 필 요 이상으로 먹이를 저장하는 법이 없다. 유독 인간들만 냉장고를 가 득 채워 상해서 버리는 음식물을 만든다. 또 문명의 이기를 마음대로 쓰고 멋대로 버린다. 이제부터 내가 할 수 있는 작은 실천으로 냉장 고 속을 비우고 쓰레기는 분리수거해서 탄소 배출량을 줄이는 착한 지구인의 한 사람으로 살려고 노력하려 한다.

저녁식사를 준비하려고 냉장고를 열었다. 오이 두 개는 물렁물렁 상했고 양배추는 온몸이 검은색 점박이로 변하고 있었다. 어쩌야 쓰 까나!

# 공항의 이별

**간**다간다 하더니 드디어 사위와 딸, 손녀딸이 캐나다로 출국을 했다. 수속을 밟고 짐을 부치고 세 식구가 함께 손을 흔들더니 게이트 안으로 들어 가버렸다. 한참을 로비 의자를 붙잡고 울었다. 사위와 딸은 별로 걱정이 안 되는데 태어나서부터 4년을 내 손으로 기른 손녀딸이 눈에 밟혀 눈물이 나왔다. 남편도 눈시울이 붉어졌다. "우리 강아지 건강하게 잘 지내다 오너라" 기도가 절로 나왔다.

망연히 하늘을 올려다 보다 거의 40년 전 공항에 배웅하러 왔던 일이 생각났다. 그때는 친척이 외국에 나가면 공항 환송이 당연한 일이었다. 외삼촌이 유학 떠나면서 가족과 함께 미국으로 출국을 했었다. 환송객은 10명이 훨씬 넘었다. 외할머니와 큰외삼촌 이모님들 사촌들도 왔었다. 가족들은 고생하러 간다며 눈물로 환송을 했다. 카메라로 환송 기념촬영을 했는데 지금 보면 촌티 나는 그 사진이 아직도 내 앨범에 꽂혀 있다. 비행기를 탄다는 것이 부러웠고, 미국에 살러 가는 삼촌네 가족이 부러웠다.

해외여행은 꿈도 못 꿀 때라 결혼하면 제주도로 신혼여행을 가서 꼭 비행기를 타보겠다고 결심을 했었다. 다행히 그 소망이 이루어져 처음 비행기를 탔을 때 승무원 지시에 따라 안전벨트를 단단히 매고 기대하는 마음으로 한숨을 돌리는데 벌써 착륙 준비를 하라는 안내 방송이 나왔다. 짧은 비행거리가 너무 아쉬웠던 기억이 난다.

초등학교 때 비행기를 최초로 만든 사람이 미국인 라이트 형제라고 배우면서 비행기에 대한 관심이 생겼다. 비행기는 철로 만들었다는데 그 무거운 쇳덩이가 어떻게 하늘을 날 수 있는지 이해가 안 되었다. 무거운 비행기 안에 의자가 있고 사람이 탈 수 있다는데 선생님께 감히 질문할 엄두도 내지 못한 호기심만 가득한 초등학생이었다. 중학생이 되어서 과학 선생님이 시험지를 입김으로 후 불면 위쪽으로 힘을 받아 올라오는 '베르누이 원리'를 설명해주어 조금은 알 듯했지만, 비행기가 땅에 착륙하기 편하게 바닥이 평평하고 위쪽은 사람들이 앉아서 가야 되어 불룩하게 만들었다고 생각했다.

라이트 형제가 동력을 달고 12초 동안 36m를 비행한 때가 1903년 이니 100여 년 만에 로켓을 타고 달나라를 다닐 정도로 발전한 것은 눈부신 기술 발전이다.

40년 전 신혼여행 때 처음 비행기를 타본 이후 가족과 친구들과 해외여행을 여러 번 다녔는데 지금은 모든 것이 심드렁한 나이가 되어 비행기가 어떻게 하늘을 나는지 별로 궁금하지도 않고 여행 갈 때 기왕이면 창가 좌석이면 좋겠고 하늘의 궁전이라는 퍼스트클래스를 타고 호사를 누려보고 싶다. 봄날의 푸르름처럼 호기심의 새순을 올리던 초등학생 때가 문득 그리워진다.

12시간 비행기를 타고서 목적지에 무사히 도착했다고 꼬박 하루만에 딸아이한테서 연락이 왔다. 지구 반대편에서 들리는 음성이 서울서 매일 전화하던 것과 전혀 다르지 않아 애들이 정말 캐나다에 간 건가 의심이 들 정도였다.

기내식을 3번이나 먹으며 도착한 그곳 풍경과 집을 카카오톡 사진으로 전송해 오더니 보이스톡으로 통화를 하고, 이제는 낮과 밤 시간 차를 고려해서 인터넷 전화로 거의 매일 통화를 한다. 10여 년 전만 해도 시외전화 요금이 부담스러운 때가 있었는데, 이제 해외 전화요금도 국내 요금 수준으로 저렴하고 무료 통화도 가능하니 감사할 따름이다. 지금도 손녀가 두고 간 장난감을 치우면서, 미처 이삿짐에 넣지 못한 운동화를 보면서 왈칵 눈물이 나지만, 언제든지 영상 통화를 할 수 있다고 생각하니 한결 마음이 차분해졌다.

지구촌 한가족이란 단어가 실감이 난다. 추석날 아침 차례 지내는 모습을 사진 찍어 보냈다. 손녀가 좋아하는 노란색 호박 식혜, 딸이 좋아하는 초록색 모싯잎 송편이 색색의 날개를 달고 비행기가 되어 집을 나서고 있다. 잠자리 세 마리도 함께 날아오른다. 오늘 따라 하늘이 청잣빛으로 청명하다.

# 기차가 말하였네

**사**계절을 누리는 우리나라인데 가을이 오지 않을 듯 올 여름은 유난히 더위가 기세를 부렸었다. TV프로 극한 직업에 나오는 사람들이 비지땀을 흘리며 일하는 것처럼 집안에서조차 몇 발짝만 움직여도 땀방울이 송송 맺혔다. 그런 여름이 가을에게 자리를 내 주고 떠날 차비를 하고 있다. 성숙한 큰누이 같은 가을은 더위 속에서 지켜낸 자신의 분신인 열매들을 노란 은행, 빨간 산수유, 갈색 도토리로 고운 색깔의 옷을 입혀 너에게 나에게 보내주었다. 그 가을을 만나러 집을 떠났다.

집 떠나면 고생이라지만 여행은 생각만 해도 즐겁다. 특히 해외여행은 준비하면서 가슴이 설렌다. 가방을 챙기는 모습에서 개인의 성격과 여행의 경륜이 나타난다. 꼼꼼히 메모를 해가며 각각의 주머니에 질서 있게 짐을 챙기는 선수가 있는가 하면 아무렇게나 이것저것 구겨 넣어 필요한 것을 찾으려면 가방을 홀딱 뒤집는 초보도 있다. 해외여행도 즐겁지만 국내여행도 재미가 쏠쏠하다. 요즈음은 지방자치제의 발달로 고장마다 특색 있는 관광지와 먹거리를 개발해서 관광객을 부르고 있다.

백두대간 협곡열차를 탔다. 코레일에서 O-train 중부내륙 순환열차와, V-train 백두대간 협곡열차를 운행하는데 강원도, 충청북도, 경상북도를 아우르는 멋진 코스로 각광을 받고 있다. 이 철도는 1970~80년대 석탄, 시멘트, 목재 등을 운반하던 폐 산업철도가 새로운 개발로 낭만열차 코스로 변신을 한 것이다.

아기 호랑이 백호가 반기는 분천역에서 출발하는 V-train을 탔다. 분천역은 스위스 체르마트역과 자매결연을 맺었는데 역 모습이 유럽풍이었다. 예쁜 꽃을 피운 무궁화 몇 그루가 울타리를 대신하고 있었고, 흰 바탕에 검은 줄무늬의 기관차가 분홍색 객차 3량과 함께 있었다. 차창을 시원하게 개조한 관람전용 열차답게 의자도 알록달록 컬러풀했다. 화장실, 에어컨, 온풍기가 없는 대신 객차 천장 중간에는 낡은 선풍기가 돌고 있었고 연통이 장치된 난로가 운치를 더해 주었다. 이 목탄 난로에 겨울이면 고구마도 구워 먹을 수 있다고 한다. 백일 만에 편지 배달을 해 준다는 객차 안의 우체통도 센스가 돋보였다. 백두대간 속살을 보여주며 달리는 열차가 터널 속으로 들어가자 별빛 가득한 밤하늘이 짜잔 하며 마술처럼 나타났다. 와! 와! 와! 여기 저기서 함성이 터진다. 시속 30㎞ 저속으로 달리는 열차는 느림의 미학을 그대로 보여주고 있었다. 기차 속에서 바라본 풍경에 몸과 마음이 자연과 일체가 되어가고 있었다.

양원역에 도착했다. 천 원짜리 막걸리 한 사발을 나눠 마시고 돌아보니 주민 스스로 지은 꼬마 민자 역사民者驛舍가 바로 옆에서 소박한 미소를 짓는다. 역사 안에는 동그란 시계와 나무의자 하나가 졸린 눈을 비비며 자리를 지키고 있다. 5분 정차 시간이 금쪽같았다. 젊은 안내원의 재치 만점 해설을 듣고 있는데 승부역에 도착했다. '하늘도 세 평이요 꽃밭도 세 평이나 영동의 심장이요 수송의 동맥이다' 돌에 새겨진 승부역 안내 시구를 읽는 순간 이미 삼천 평 마음을 얻어가고 있었다. 드디어 종착역인 철암역에 가까워지자 산더미처럼 커다란 석탄이 강원도임을 알려준다. 강원도의 힘이 석탄 속에서 붉은 불을 뿜어낸다.

여행지도 중요하지만 마음을 힐링하는 여행은 함께하는 일행에 따라 많은 것도 얻을 수 있고 낭패도 볼 수 있다. 문학이란 한 곳을 향해 가는 문우들과 함께한 백두대간 협곡열차 여행은 마음 가득 풍성함을 얻을 수 있었다. 역사 안에서는 강원도 아지매가 방금 쪄온 옥수

수 냄새가 가득했다. 싱싱한 호박잎과 쫀득한 옥수수를 샀는데, 맛보라며 벌레 먹은 사과를 한 보따리 공짜로 내어주던 할머니의 주름진 얼굴의 미소는 무엇과 비교할 수 없는 인간만의 위대함이었다. 그것은 여행의 덤이었다. 이 가을이 지나가고 겨울이 오면 눈 내리는 날 백두대간 협곡열차를 다시 타러 오라고 기차가 말을 걸어온다. 난로에서 익어가는 군고구마 냄새가 난다. 뜨거운 고구마를 호호 불며 낡은 사람이 걸어오고 있다.

# 날마다 문 닫는 박물관

"**삼**국유사의 고장 군위에서 역사를 배워요. 당찬 당진에서 삶을 힐링 하셔요." 근사한 축제 포스터를 붙이고 달리는 지하철 안 건너편 의자에 역사 공부나 당찬 힘에는 전혀 관심 없는 무심한 할머니와 방긋 웃는 아기가 엄마를 사이에 두고 나란히 앉아있다. 80살이 넘어 뵈는 할머니는 엄숙하다 못해 무표정이다. 그러나 어린이는 아무나 눈이 마주치면 방긋방긋 웃는다. 스타일도 참 재미있다. 할머니는 새까만 염색을 한 머리에 뽀글이 파마를 하고 알록달록 꽃무늬 블라우스를 입고 있고, 어린이는 하나로 묶은 야자수 머리모양에 뽀로로 캐릭터가 그려진 꽃무늬 옷을 입고 있다. 머리 모양은 다르지만 똑같이 꽃무늬 옷이다.

할머니들은 왜 천편일률적으로 개성 없는 뽀글뽀글 파마를 하는지 미용사에게 물은 적이 있었다. 노인이 되면 머리카락이 빠져 숱이 적고 탄력이 없어 파마가 금방 풀려 뽀글이 스타일을 할 수밖에 없다고 했다. 아가들 역시나 머리카락이 솜털처럼 부드럽고 숱이 적어 노란 고무줄로 묶어준다. 그런데 할머니들은 개성 없어 보이고 어린이들은 예뻐 보이는 것은 무슨 조화일까.

그러나 같은 점도 있다. 두 사람은 똑같이 지하철 요금이 무료인 공짜손님이다. 또 국가의 복지 혜택을 받아 할머니는 노령연금을, 어린이는 보육수당을 받는다. 어린이는 보육수당을 받고 어린이집에 맡기는데, 어린이 나라는 늘 활기가 넘친다. 젊고 발랄한 보육교사들이 장난꾸러기 어린이들을 돌본다. 다양한 프로그램에 따라 노란색 승합차를 타고 이곳저곳 견학을 하고 앙증맞은 앞치마를 입고 감자 으깨기를 해보는 꼬마 요리사가 되기도 한다. 아이들의 활동 모습과 식사내용은 어린이집 홈페이지에 올려지고, 아이 엄마와 아빠들은 도끼눈을 뜨고 점심 메뉴는 계획대로 시행되었는지 살펴보고, 활동 모습에는 수많은 칭찬 댓글들이 붙는다.

그 어린이들의 엄마 아빠들은 아이들을 돌보느라 너무 힘들고 바빠서 노인요양병원에 모신 부모님 면회는 가뭄에 콩 나듯 한다. 노인들의 나라는 너무 조용하다. 노령연금을 받는 노인들은 거동이 불편해지면 노인요양병원에 모신다. 자식들은 직장에 다니면서 돈을 벌어 부모의 병원비를 지불함으로써 의무를 다한다. '어르신을 내 부모처럼 보살피자'는 원훈 아래 나이 지긋한 요양보호사들이 고생을 한다. 거동이 불편해 외출은 힘들고 요양병원에서 혹시나 부당한 대우를 받는 것 같아도 내가 직접 모시지 못하는 처지라 항의도 하지 않는다. 젊은 시절 자신과 가족을 위해 국가와 민족을 위해 품었던 큰 뜻은 나이 숫자만큼 무거운 훈장으로 틀림없이 되돌려 받았다. 치열하게 추구했던 돈과 명예, 그 많던 친구들은 다 어디로 갔을까? 서글픔의 메달을 주렁주렁 걸고 있다. 내리 사랑을 열심히 실천하고 있는 젊은이들은 노인들의 세상에 별 관심이 없다.

유월 초 친정어머님께 소박한 팔순 잔치를 해 드렸다. 남편도 먼저 보내고 오래 사는 것이 무슨 자랑이냐며 극구 사양하시더니 정작 잔칫날에는 무척 좋아하셨다. 맏이인 나는 물론 동생들도 '참 잘했어요' 도장을 받은 듯한 기분 좋은 행사였다. 한국전쟁으로 아버지를 잃고 4·19, 5·16, 12·12사건 등 격동기를 겪어낸 어머니의 80평생은 이 땅에서 살아오신 것만으로도 훌륭한 삶이라고 생각된다. 어머니의 삶은 개인적이나, 역사이기에 살아있는 박물관이다. 오늘부터라도 박물관에 걸맞는 예우를 해야겠다.

노인 한 사람이 죽는 것은 박물관 하나가 없어지는 것과 같다고 한다. 옛 선조들의 삶을 살펴볼 수 있는 곳이 박물관이라면, 각자 나름

대로 지혜와 지식을 가진 노인들은 분명 살아있는 박물관이다. 친구
가 울먹이며 친정 엄마가 갑자기 돌아가셨단다. 솜씨 박물관 하나가
문을 닫았다. 엄마의 김치 맛, 된장 맛을 그리워하며 친구는 울고 있
었다.

지금까지 수많은 박물관이 문을 열었다가 닫았다. 각자 삶의 색깔
에 따라 박물관 이름이 다를 뿐, 존중받는 박물관이었다. 그 박물관이
어느날 문을 닫게 된다. 내 박물관 문이 닫힐 때 나는 어떤 박물관으로
기억될까. 언제 닫힐지 모르는 박물관문을 빼꼼히 열어놓고 있다.

# 바닷가 몽돌

사람들이 떠난 바닷가
쓸쓸한 몽돌이 단체 카톡을 보냈다
하얀 안개꽃을 들고 사레 들린 파도가 제일 먼저 왔다
모래가족이 사돈네 팔촌까지 함께 왔는데
오자마자 파도의 기침에 놀라 흔적 없이 사라졌다

슬리퍼 한 짝이 주인을 기다리고
먹다 남은 라면이 몽돌 사이에 숨어있다
텐트 고리가 삐쭉이 얼굴 내밀고
부르스타 빈 깡통이 떼굴떼굴 몽돌을 놀리고 있다

비가 온다
비오는 날 생각나는 사람이 있다
그의 모습이 점점 멀어 진다

멀리서

빛바랜 나무들의 낙엽이 비가 되어 후두둑 떨어진다


밤새 잔뜩 웅크린 바다가

붉은빛 물안개를 가득안고 기지개를 펴고 다가온다

낙엽을 여기저기 얼굴에 붙인 몽돌이

내 사랑이 여기 있다고 떼구르 떼구르 쉰목소리를 낸다

그리고 태양을 안는다 받는다 그리고 웃는다

**제 4 부**
# 축하합니다

# 어르신 안녕하셔요

**며**칠 전 가족들과 외식을 했다. 딸내미가 예약한 식당은 음식 맛도 좋았지만 클래식 선율이 흐르는 분위기가 좋은 곳이었다. 식사 중 평소 좋아하는 노래가 들렸다. 그런데 이 노래 제목이 입안에서 맴맴 돌 뿐 생각이 나지 않았다. 요즈음 자주 있는 일이라 무심히 넘기려고 하다가 옆자리 며느리한테 지나는 말로 노래 제목을 아냐고 물었다. 며느리가 잠깐 동안 스마트폰을 이리저리 몇 번 터치하더니 금세 제목을 일러주었다. 인터넷에 수많은 음원이 저장되어 있어 30초 정도 노래를 들려주면 작곡가, 가사 등을 알 수 있다고 한다. 스마트폰이 요술 방망이인 줄은 알았지만 오우! 놀라웠다.

요즘 지하철이나 버스 등 대중교통을 이용할 때 보면 남녀노소 가릴 것 없이 스마트폰 삼매경에 빠져 있다. 어떤 시인은 지하철에는 모두 의사만 타고 있다며 이어폰을 귀에 꽂은 모습을 의사가 청진기를 꽂은 것으로 표현하기도 했다.

다양한 기능들이 가득한 스마트폰이지만 겨우 문자 주고받고, 카카오톡에 올라온 재미난 글을 친구들에게 공유해서 보내는 수준이다. 그것도 대단한 일이라고 아직도 구형 폰을 고집하는 친구에게 시대에 뒤떨어졌다고 면박을 주기도 한다.

5살 손녀는 내가 보기에 분명 천재다. 스마트폰 조작을 나보다 훨씬 잘한다. 명화 퍼즐 놀이를 다운받아서 맞추기를 하는데 그 속도가 놀랍다. 클림트의 키스, 피카소의 꿈, 김홍도의 씨름, 다빈치의 모나리자를 다 알아내고 척척 맞추어낸다. 동화책을 읽어 녹음을 하고, 녹음한 파일을 찾아내서 듣기도 한다. 카카오톡 이모티콘 찾는 법도 손녀에게 배웠다.

스마트폰 족이 된 이후 이제 어디를 놀러가도 카메라는 필요 없다. 여행지서 찍은 사진은 집에 컴퓨터와 연결해서 큰 화면으로 볼 수 있고 필름 회사로 전송하면 하루 만에 사진을 인화하고 원하면 앨범을 만들어 보내온다. 플래쉬 어플리케이션도 다운받아 형설지공이 아니고 스마트지공으로 어둠을 밝힐 수 있고, 현장에서 녹음한 강의를 이어폰으로 듣기도 한다.

지도를 열어 캐나다 몬트리올 중앙역을 치면 벨몽가, 플레이스 본

어벤쳐, 빌르마히 고속도로, LCAO대학, 루시엔 롤리어 세인트 제키즈공원 등이 줄줄이 뜬다. 요즈음 인기 있는 TV프로그램 '꽃보다 할배'에서 짐꾼 이서진이 스마트폰으로 길을 찾는 비밀이 여기에 숨어 있었다. 인터넷은 물론이고 오늘의 날씨, 지하철 노선, 캘린더, 사전 등 이 세상 모든 정보가 손안에 들어있다. 꽃사진도 찍어서 올리면 금방 이름을 알려준다. 만물박사가 따로 없다. 또 유명 소설가의 대하소설을 매일매일 읽어 보는 재미가 쏠쏠하다. 그 소설이 3권의 책으로 발간되었는데 책값을 번 것 같아 기분이 좋았다. 하루가 다르게 변화하는 세상을 조금은 더디지만 하나하나 배우면서 익히는 즐거움이 나를 기쁘게 하고 삶의 활력소가 된다.

며칠 전 컴퓨터 중급 과정을 배우려고 구청소식지를 보고 담당 기관에 전화를 했다. 55세 이상 수강하는 프로그램인데 생년 월 일을 말하니 직원이 깍듯이 어르신이라 부르며 친절히 상담해 주었다. 친절한 응대는 좋았지만 어르신이라 부르는데 살짝 맘이 상했다. 운 나쁘면 100세까지 산다는데… 이제 겨우 절반 살았는데— 어르신 아니야! 마음속으로 두 손을 불끈 쥐고 결기를 다진다.

학자에 따라 다르지만 인류 문화를 향상시킨 발명품으로 첫 번째 불의 발견, 두 번째 바퀴의 발명, 세 번째 도자기의 발명을 꼽을 수 있다. 이제 스마트폰의 발명으로 우리는 새로운 세상을 경험하고 있다.

스마트폰을 살펴보면 인류 문화가 곳곳에서 한 백 단계쯤 혁신이 되고 있음을 실감한다. 젊은 과학자들이 연구해낸 문명의 이기를 손쉽게 구입해서 편리하게 잘 쓰고 있으니 어르신이라 불리면 어떠랴. 이제부터 존중 받는 어르신으로 살아야겠다. 어르신이란 단어가 갑자기 익숙한 느낌으로 다가온다.

# 혼수와 책상

어렸을 적 우리 집에는 아버님이 쓰던 책상이 있었다. 나뭇결이 고운 재질의 책상은 서랍이 4개였고 손잡이는 신주로 만들어져 약간 푸르고 검은 빛이 났다. 맨 아래쪽 서랍은 고장이라서 삐거덕 거렸는데 동생들은 책상이 방귀를 뀐다고 여닫으며 재미있어 했다. 의자를 넣는 공간에 보자기로 포장을 치고 학교놀이를 할 때는 선생님이 되고, 소꿉장난을 할 때는 엄마가 되어 고만고만한 다섯 동생들의 대장 노릇을 했다. 의자는 스프링이 삐져나와 앉으면 엉덩이가 간질간질했지만 그래도 하나뿐인 책상에 금을 긋고 서로 공부한다며 아옹다옹 다투면서 책상이 온전히 내 것이었으면 했다.

동생들이 많아서 무엇이든 양보를 하는 것이 싫었지만, 서랍을 동생과 한 칸씩 나누어 썼는데 각자의 소중한 보물 창고였다. 학교간 사이 꼬마 동생이 혹시나 잘 정리 해 놓은 내 보물들을 만지지는 않았나? 점검해 보는 일이 중요한 일과였다. 내 서랍 안에는 나비 모양의 잘 부러지던 칼, 깎기 힘들고 금방 심이 부러지는 살색 연필, 막내이모가 수학여행 다녀오면서 큰맘 먹고 사다준 움직이는 대나무 뱀장난감과 여닫이 나무 필통이 자리하고 있었다. 또 운동회 때 팔뚝에 도장을 받고 달리기 상품으로 받은 영희와 철수 그림의 누런색 공책, 어지간히 색도 안 칠해졌던 12색 크레용, 유과나 비과를 먹은 껍질로 접은 사람모양 인형과 젤리 속포장지였던 찹쌀 종이도 있었다. 이제는 그 사랑스러웠던 보물들은 간데없다.

어렸을 적 나의 보물 이야기를 아이들에게 얘기할 기회가 있었다. 아이들은 나를 수백 년 전의 무덤 속에서 유물을 발굴하는 박물관 고고학자 취급을 하며 생뚱맞다는 표정을 지었다. 대나무로 만든 뱀과 실물과 똑같은 요즘 장난감과 비교는 무리였나 보다.

남편은 어렸을 적 책상이 없어서 둥그런 밥상에서 공부했다. 책상이 있는 친구들이 너무 부러워 어른이 되어 돈을 벌면 제일 먼저 책상을 사겠다고 다짐을 했다. 참고서 원고를 쓰고 방송 출연도 하느라 교재 연구를 위해 책상이 필요했지만 그 소원은 이루어지지 못했다. 초등학생이었던 아이들은 책상에 침대까지 갖춰 주었지만 남편의 책상은 없었다. 방 4개 중 아이들이 하나씩 쓰고 시어머님과 우리 내외가 하나씩 썼는데 마땅히 책상을 놓을 공간이 없었다. 거실에 제사때 쓰는 큰상을 펼쳐 놓고 연필로 원고를 썼다. 지금은 컴퓨터로 모든 것이 해결되지만 그 당시에는 원과 사각형 등 도형 뿐 아니라 X+Y=Z 공식과 그래프를 일일이 손으로 그렸다. 안방 쪽 베란다를 터서 남편의 간이 공부방을 만들었는데 그곳도 책상을 놓을 공간은 없었다. 남편은 애들도 있는 공부방과 책상이 자기만 없다며 방과 책상타령을 계속했었다.

그러던 남편이 지금은 자신의 책방도 있고 책상도 있지만 관심이 없다. 집에 오면 피곤하다며 책 보다는 잠과 더 절친한 사이로 지내고 있다. 소파에서 TV 리모컨을 끌어안고 거실에서 노숙자처럼 잔다. 서재에서 책을 보는 남편과 차를 나누는 바램은 어디로 갔는지… 책상 주인은 무심하기 그지없다. 없을 때 그렇게 갖고 싶었던 책상이 이젠 있어도 없어도 그만이니 모든 것은 다 때가 있다는 말이 맞는 것 같다.

물질의 빈곤 속에 살았던 우리는 자식들에게 최고의 교육환경을 제공해 주는데 열심이었다. 각자 방에 책상은 물론이고 컴퓨터며 불편함이 없이 배려해 주었다. 또 아이들의 책상 서랍 속은 어떠한가. 문방구를 방불케 하는 각종 문구류가 즐비하다. 볼펜, 형광펜, 클립이나 집게도 형형색색이고 크기가 다른 포스트잇에 A4용지 등 없는 것이 없다.

이번 설 명절 때 세배하러 온 조카의 딸아이는 이모와 삼촌들에게 종이접기 솜씨자랑을 한다며 문구세트 가방을 들고 왔다. 여러 가지 색종이와 가위, 색연필이 들어있는 플라스틱 가방은 서랍 한 칸으로 만족하며 꿈을 키웠던 나의 유년시절 추억을 소환했다. 삼촌이 사다 준 12색 크레용, 누런 갱지 공책과 연필이 손짓하고 있었다. 화장실용 두루마리 휴지를 두 칸 이상 못쓰게 하던 아버지께 절약교육을 받으며 자란 나는 사각티슈를 톡톡 뽑아 쓰는 요즘 아이들의 풍요와 늘 갈등을 느낀다.

신문에 이런 기사가 있었다. 신입사원 면접 시 잘 포장되어 리본으로 묶어진 상자를 내주었다. 십 년 전에는 리본 매듭을 꼼꼼히 풀고 포장지도 예쁘게 뜯어 재활용을 할 수 있도록 한 사원이 좋은 점수를 받았는데 지금은 가위로 리본을 자르고 포장지는 그냥 뜯어 빠른 시간에 내용물을 살펴보고 분석하는 힘을 가진 사람이 좋은 점수를 받는다고 한다. 중요한 것은 내용물이고 한번 쓴 리본과 포장지는 더 이상의 재화 가치가 없다. 그러나 나는 여전히 포장지 재활용을 하며 가방 속에는 장바구니를 가지고 다닌다. 변화하는 가치관인 황새를 따라 가려니 뱁새인 나는 늘 종종걸음이다.

풍요 속에서 자란 요즘 아이 중에 내 딸아이도 있다. 나는 딸아이가 결혼할 때 혼수로 제일 먼저 책상을 마련해 주었다. 엄마와 아빠가 어렸을 적 갖고 싶었던 책상 얘기를 해주며 풍요롭고 편리한 세상에서 한 발짝 물러나 여러 가구 중 책상을 아끼고 사랑하는 멋스러운 부부가 되기를 바란다. 늘 책 읽는 부모 모습을 보고 자란 아이의 자녀교육은 저절로 잘 될 것이다. 모 신문사에서 캠페인으로 거실을 서재로 꾸미기 운동을 하고 있다. 유명 인사들도 한 몫을 한다는데 거실을 서재로 꾸미기는 내가 십 수 년 전에 생각해낸 아이디어다. 그때 특허라도 내 놓을 것을…

# 가장 공평한 일

**사**람은 누구나 한 번 태어나고 한 번 죽는다. 그 불변의 진리는 오래 전 인류의 조상들부터 지금까지 신께서 주신 가장 공평한 일이다. 그러나 죽은 자의 무덤은 살아 있을 때 신분에 따라 그 규모가 천차만별이다.

우리나라 고창 강화의 고인돌, 신라 고분, 가야 고분, 이집트 피라미드나 중국 진시황릉, 인도 타지마할을 보면 결코 신은 공평하지 않은 것 같다. 무덤이 상상을 초월할 정도로 큰 것은 물론이고 살아있는 사람을 죽은 자와 함께 순장한 모습도 발견된다. 아름다운 벽화나 무덤의 주인이 사용하던 토기나 석기, 청동기, 또한 화려한 금관과 허리띠, 귀걸이, 칼, 거울, 방울 등 다양한 부장품은 그 시대 사람들의 삶을 추리할 수 있는 매우 중요한 유물이다.

무덤에는 능陵, 원院, 묘墓, 분墳, 총塚 등이 있다. 능·원·묘는 왕족과 다른 신분을 구분하기 위해 만든 무덤 명칭이며 분·총은 정확한 신분을 모를 때 사용하는 명칭이다. 능과 원은 왕족의 무덤인데 능은 왕과 왕비의 무덤이고, 세자와 세자비의 무덤은 원이라고 부른다. 그 외 왕족 혈통과 일반인의 무덤을 묘라 부른다. 무덤의 출토 유물로 볼 때, 능이라고 부르기엔 확실한 명문이 없고, 묘라고 부르기는 규모가 큰 무덤을 총이라 부르는데 금관이 맨 처음 나왔다고 '금관총', 천마도가 나온 무덤이라고 '천마총' 이라고 부른다. 또한 일정한 형식을 갖춘 옛 무덤을 고분이라 부른다.

우리나라의 무덤을 살펴보면 청동기시대 고인돌, 철기시대 부여의 순장제도를 볼 수 있고, 삼한시대부터는 봉토가 커지고 옹관묘도 성행했음을 알 수 있다. 삼국시대인 고구려 초기에는 장군총처럼 돌무지무덤 형식이었고, 후기에는 흙무덤으로 강서고분의 사신도를 비롯 쌍영총 무용총에 인물들의 벽화 장식이 있다. 백제는 한성시대의 초기 고구려 돌무지무덤과 유사한 석촌동 고분, 웅진시대 굴식돌방무덤인 무령왕릉, 사비시대 능산리 고분이 있다. 신라는 돌무지덧널무덤으로 벽화는 없었으나 부장품으로 금관, 금귀걸이, 유리제품 등이 발굴되었다. 통일신라시대에는 불교식인 화장이 발달했고 특히 도교 영향을 받아 무덤 주위에 12지신상을 새기며 상석, 비석 등 석조물을 다채롭게 꾸몄다.

고려시대의 무덤의 벽화는 벽면에 회를 바르거나 판상석의 면을 갈아서 풍속화 · 사신도 · 별자리 등을 그렸다. 풍수지리사상이 나타나고 부장품은 거의 없는데 불교의 생활화로 화장 풍습이 생겨나고 석관이 나타난다.

조선시대의 무덤은 화장묘가 사라지고 토광묘가 일반화되고 풍수지리사상이 발달한다. 묘비가 일반화되며 무덤 입구에는 신도비를 세우기도 했다. 조선시대 왕조 무덤은 518년이라는 오랜 기간을 한 왕조가 지속되었고 역대 왕과 왕비의 무덤이 모두 남아 있어 왕릉과 왕비릉 42기 중 40기가 2009년 유네스코 세계문화유산으로 지정되었다. 장묘 문화의 공간으로서 장례 및 제례 등을 조명할 수 있어 문화재로서 가치가 높다.

요즈음 국토의 이용과 개발이라는 사회경제적 측면에서 묘지 문제가 국가정책의 과제가 되어 가족과 개인묘지의 면적을 제한하고 공원묘지를 권장하고 있지만 오래된 장묘 문화가 바뀌는 일은 많은 시간과 사회적 타협이 필요하다. 우리나라 화장률이 지난해 80%가 넘었다고 한다. 또한 무덤을 축조하지 않고 화장, 수목장이 정착되고 있고 시신 기증도 활발하게 이루어지고 있다.

한번 태어나서 한번 죽는 일은 세상에서 가장 공평한 일이다. 태어

남은 순서가 있지만 죽음은 순서가 없는 시한부 삶을 살고 있음을 새삼스럽게 깨우친다.

지난 가을, 먼저 돌아가신 시아버님과 합장한 시어머님 돌아가신 지 20년이 되었다. 공원묘지에 계시던 두 분을 화장해서 납골당에 모셨다. 유택이 하우스에서 아파트로 바뀐 셈이다. 세상에서 가장 공평한 일을 먼저 겪으신 두 분처럼 남편과 나도 언제 공평함이 손을 내밀지 모른다. 그날을 기다리며 손자를 꼭 안았다. 할머니 숨 막히고 더워요!

# 기상 레이더

　**요**즘 날씨는 변덕쟁이다. 비가 왔다가 금방 맑기도 하고, 해가 쨍쨍하다 폭우가 쏟아지기도 한다. 지금 장마철인데도 비가 오지 않아 마른장마라 부르기도 한다. 뉴스에서 서울은 멀쩡한데 충청지방에 폭우가 쏟아져 댐이 무너졌다고 한다. 농작물을 가꾸는 비닐하우스와 목장의 축사가 엉망이 되었고, 오리 가족이 미처 피하지 못한 자동차 지붕 위에 어리둥절 올라타고 있는 모습이 귀여우면서 가여워 보인다. 여행을 좋아해서 자주 세계지도를 들여다보는데 우리나라에 비해 미국이나 중국은 국토 면적이 엄청 커서 부러움의 대상이다. 그런데 오늘 서울은 맑음, 충청지방은 호우라니 우리나라가 갑자기 중국 대륙 만큼이나 커 보인다.

　며칠 전 관악산에 갔는데 축구공처럼 생긴 동그란 물체가 산 정상에 있었다. 저것이 무엇일까? 레이더 같은 시설물로 보여 군사시설이겠지 하고 지나쳤다. 그러다 여름휴가 때 산 정상 위 비밀을 알게 되었다. 전라남도 진도 여행을 하는데 운림산방 뒤 첨철산 위에 다시 그 축구공이 보여 호기심이 발동했다. 무엇하러 저 높은 곳을 가려고 하느냐는 일행들의 반대를 무릅쓰고 운전대를 잡았다. 오르는 길은 임도林道가 잘 닦여 있었지만 산 높이가 475m나 되어 아찔했다. 손에 땀이 나고 액셀레이터를 밟는 다리에 오금이 저렸다. 일행들은 커브를 돌 때마다 소리를 질렀다. 마지막 코스는 완전 45도 경사로였다. 드디어 낭떠러지 곡예 운전이 끝나고 궁금했던 목적지에 도착했다.

「하늘을 친구처럼 국민을 하늘처럼」이라는 커다란 간판이 우리를 반겨주는 그곳은 바로 기상대였고, 하얀색 원형 돔은 '기상 레이더' 였다. 친절한 직원의 안내를 받아 기상대 이곳저곳을 둘러볼 수 있었다. 우리나라 기상 레이더는 1969년 처음 설치되었다. 레이더가 전파를 발사해 비나 눈 등에 의해 반사 산란되어 되돌아오는 신호를 분석하고 영상으로 처리해 강수 구름의 위치와 이동 상태 등을 추적한다. 기상 레이더는 360도를 회전하면서 여러 고도를 연속적으로 입체적으로 강수시스템을 파악하는 기구이다. 우리나라는 산악 지형으로 관측 사각지대가 생길 수밖에 없어 전국적으로 10곳에 기상 레이더가 설치되어 있다. 서해 최북단 백령도, 보라색 얼레지꽃이 아름다운 화천 광덕산, 동해 해돋이명소인 강릉, 인천 앞바다까지 한눈에 볼 수 있는 관악산, 철새의 비상과 패러글라이딩의 짜릿함을 느낄 수 있는 군산 오성산, 단풍의 명소인 청송 등에 기상 레이더가 위치해 있다. 주로 높은 산의 정상에 자리 하다 보니 기상대가 위치한 곳은 대부분 풍경이 그림처럼 아름답다. 그 중에도 2002년에 세워진 이곳 진도 기상대는 일몰과 일출을 한 곳에서 볼 수 있어 아름다운 기상대로 유명하다고 한다.

기상대는 오전 11시부터 오후 4시까지 등산객을 비롯한 일반인들에게 무료로 개방하고 있는데, 기후가 나쁠 때는 대피소로 이용되고, 다친 등산객을 위해 구호 약품도 갖추고 있었다. 방명록에 일필휘지로 폼 나게 사인을 하고, 벽면에 전시된 기상에 관한 사진들을 구경했다. 눈 오는 풍경, 빗방울이 떨어지는 모습, 마이크로 렌즈로 찍은 추상같은 서릿발의 모습, 일출과 일몰 풍경은 대자연의 신비와 경외, 그에 반한 인간의 미약함을 보여주고 있었다. 우리 일행은 빗소리를 귀로 듣고 눈 내리는 모습을 바라보며 시인이 되어가고 있었다.

날씨의 변화는 신의 영역으로 때로는 폭풍과 쓰나미가 우리를 덮치기도 한다. UN은 지난 1992년 북극의 만년설을 보호하고 적도 지방의 가뭄을 슬기롭게 극복하기 위해 이산화탄소를 비롯한 각종 온실 기체의 방출을 제한하고 지구 온난화를 막기 위해 '기후 변화 협약'을 체결하였다. 기후 변화 협약은 법적 구속력은 없지만 의무적인 배출량 제한을 규정하고 있다. 또한 2016년 파리에서는 우리나라를 포함한 전 세계 195개국이 지구의 기온 상승을 막기 위해 온실가스

배출량을 줄이기로 약속한 '파리기후협약' 이 체결되었다. 그러나 미국의 트럼프 대통령은 자국과 자국민을 보호한다며 파리기후협약 탈퇴를 선언하고 비난을 받고 있다. 세계 최고의 경제 대국이자 세계 탄소배출량 2위인 미국이 탈퇴함으로써 파리기후협약은 그 의미가 퇴색되고 말았다.

지금은 우리 삶 곳곳에 기후와 관련한 정보 공유가 경제의 큰 몫을 한다. 봄에는 벚꽃, 개나리, 진달래 등의 개화시기를 알려주고 여름에는 장마와 해수욕장 개장시기를, 가을이면 단풍 절정 시기를 알려준다. 겨울에는 폭설을 예보하고 김장 적기를 알려준다. 또한 한우 목장의 온 습도 지수를 평가 예측하여 농 축산업에 기여하고, 갯벌에 종패 시기 정보를 제공해서 수산업 활성에 힘을 보탠다. 날씨의 맑음과 흐림은 관광산업에도 큰 길잡이가 되는데 날씨의 변화 정보를 수집하여 알리는 일을 기상대가 하고 있었다.

4층 전망대에 올랐다. 망원경으로 진도 여기저기는 물론 멀리 제주도까지 살펴볼 수 있었다. 바람이 정말 시원했다. 철 이른 잠자리들의 군무가 우리를 반겨주었다. 가끔 기상청의 예보가 맞지 않아 들고 나간 우산을 잃어버리기도 하지만 기상청의 레이더는 오늘도 열심히 제 할 일을 하고 있었다. 그리고 그 높은 곳으로 매일 출근해서 묵묵히 자신의 일을 하는 사람들이 그곳에 있었다. 기상대 파이팅!

# 꽃보다 할매

TV에서 '꽃보다 할배'라는 프로그램이 인기다. 이순재, 신구, 박근형, 백일섭 4명의 할아버지 배우들이 젊은 이서진을 짐꾼 삼아 배낭여행을 하는 프로그램이다. 그동안 벌써 유럽과 대만, 스페인을 차례로 다녀왔는데 여행지 소개와 함께 여행하면서 일어나는 소소한 재미를 공유한 인기 프로그램이다.

프로그램의 연출자인 나영석 PD는 대만 프로그램의 인기로 대만 관광객이 늘어나자 대만 당국으로부터 훈장을 받았다는 얘기도 있다. 꽃보다 할배 시리즈의 성공에 힘입어 윤여정, 김자옥, 김희애, 이미연이 '꽃보다 누나' 프로그램에 출연해서 이번에는 짐꾼 이승기와 크로아티아를 다녀왔는데, 그 후 크로아티아에도 한국 여행객이 쇄도해서 한국—크로아티아 비행기 직항노선이 생겼을 정도라고 한다.

요즘 유행에 뒤질세라 동창들과 크로아티아 여행 계획을 세웠는데, 한 친구가 아들 결혼식을 앞두고 있어 대신 가까운 대만을 가기로 했다. 중국 본토는 여러 곳을 다녀왔지만 대만은 처음이라 은근히 기대가 되었다. 물론 꽃보다 할배 프로그램을 재미있게 시청한 것이 한 몫을 했다. 4명이 함께 갔는데 우연인지 모두가 할머니 칭호를 받은 할매들이었다. 우리의 여행에는 함께 다니는 카메라맨도 작가도 없지만 우리는 스스로 '꽃보다 할매' 프로그램의 주인공이 되었다.

고궁박물관을 관람했다. 박물관은 중국 국민당이 내전에서 패배하여 대만으로 탈출할 때에 장제스가 본토에서 가져온 문화재로 위용을 자랑하고 있었다. 소장품의 수는 69만 여개로 세계적으로 희귀한 청동기 유물부터 도자기 공예품까지 7000년 중국사의 정수精髓가 모아진 박물관이다. 3개월마다 바꿔가며 전시하는 유물은 100년을 봐도 다 볼 수 없는 방대한 양이라 한다.

서울의 국립중앙박물관에서 자원봉사를 하고 있는 나는 정문부터 꼼꼼히 살펴보았다. 규모는 우리나라 국립중앙박물관 보다 작았지만 관람객 숫자는 비교 불가였다. 유료 입장인데도 입추의 여지가 없이 장사진을 이룬 관람객 때문에 각 관마다 인원수를 제한해서 입장시켰다.

고대 중국에선 아름다운 돌을 옥玉이라 했다. 청나라 광서제 근비瑾妃의 혼례품으로 '취옥백채' 라 부르는 배추모양 옥 조각 작품은 천

년에 하나 얻을 수 있는 정교한 조각품으로 박물관에서 가장 인기 있는 대표 유물이다. 이 작품의 여치와 메뚜기는 신부의 순결함을 상징하고 자손을 많이 낳아 대대손손 황실의 혈통이 이어지기를 기원하는 의미가 있다고 한다. '육형석肉形石' 또한 취옥백채와 함께 걸작이다. 차가운 돌이지만 부드러운 동파육을 연상시킨다. 맨 위 부분이 갈색으로 간장에 절인 돼지 껍질의 느낌을 살려낸 자연과 인위적인 조화로움이 돋보이는 재미난 유물이다.

역사적 가치로 볼 때 최고의 보물은 '모공정毛公鼎'이다. 주나라 시대의 유물로 '모공'이 새긴 499자의 글자를 읽을 수는 없었지만 3천 년 전 신하의 충성을 마음의 눈으로 읽었다. 발이 3개에 귀가 2개 달린 모습인데 솥 안의 글씨들이 많은 생각을 하게 했다. 문득 신라 호우총에서 출토된 청동호우青銅壺杅 밑바닥에 새겨진 광개토대왕의 명문이 떠올랐다.

해질녘 찾은 용산사는 그 규모가 대단했다. 전형적인 타이완 사찰로서 불교 도교 민간신앙이 복합된 건축 양식으로 각 종교의 색채가 서로 조화를 이루며 어우러져 있었다. 돌기둥에는 용과 역사적 인물들의 춤추는 모습이 새겨져 있었고 지붕에도 수많은 용들이 장식되어 있었다. 건물 마당 여러 곳 커다란 향로에서 기다란 향이 피워지고 있었는데 엄청난 연기와 냄새로 후각과 미각이 마비될 지경이었다. 제수로 올린 음식들이 다양하고 흥미로웠다. 인근 상점에서 사온 것으로 우리나라 초코파이와 오레오 비스킷도 있었다. 노자와 관우 신선들이 염원했고, 종교에 상관없이 부자 되기를 갈망하고 오래 살기를 원하는 사람들이 피운 향이 한국 미국 과자들과 함께 밤하늘로 멀리 멀리 날아가고 있었다.

다음날에는 기차를 타고 동양의 그랜드 캐년이라는 화려 '태로각 협곡'을 찾았다. '꽃보다 할배' 팀들이 다녀간 흔적을 찾아 사진을 찍고, 아찔한 절경에 "뷰티풀! 원더풀! 밥풀!" 감탄사를 연발했다. '자모교'의 슬픈 전설이 달콤한 망고빙수 맛을 밍밍하게 했다.

지우펀은 인산인해였다. 영화 '비정서시' 촬영지로 매스컴의 관심을 받으며 관광명소가 된 곳인데 우리나라 드라마 '온 에어'도 이곳에서 촬영했다. 비탈길을 따라 이어진 옛스러운 건물과 골목마다 묻어나는 풍경은 붉은 홍등과 함께 타이완 사람들은 물론 관광객에게 사랑을 받고 있었다. 아기자기한 기념품점, 카페와 먹거리 골목은 사람들로 북적였다. 겨우 땅콩 아이스크림을 사먹고, 손녀 선물로 오리 모양 '오카리나'를 득템했다. 마음에 드는 찻집에 들러 한 잔의 차로 여유를 즐기는 호사는 다음 기회로 남겨 두었다.

마지막 날 '예류'의 자연경관을 찾았다. 입구는 우리나라 외도 풍경과 비슷한 것 같았는데 안으로 들어가 보니 달나라에 온 것 같았다. 긴 세월 동안 침식과 풍화를 견딘 울퉁불퉁 기암괴석 바위들의 모습은 그 자체로 신비함을 발산했다. TV에서 본 '여왕머리 바위'에서 인증 샷을 찍기 위해 30여분을 기다려 겨우 한 컷을 남겼다. 달나라 풍경 연구의 기회는 지질학자에게 넘기는 아량을 베풀었다.

여행기간 내내 화창한 날씨로 우산이 아닌 양산을 쓰고 다녔는데 대만은 비가 자주 내리는 기후를 극복하는 방법으로 건물 1층의 상점들은 안으로 들여 짓는다고 한다. 비가 오더라도 건물 처마 밑으로만 다니면 비를 피할 수 있다. 시민을 위한 배려에 살짝 부러운 마음이 들었다.

우리와 같은 유교와 한자 문화권인 대만은 우리나라와 닮은 점이 많다. 90년대 이전에는 같은 분단국가이자 반공국가라는 이유로 좋은 관계를 유지했었다. 그러나 우리나라와 중국이 경제적인 이유로 수교를 맺자 대만과는 소원한 관계가 되었다. 지금은 한류 열풍도 한몫을 했지만 급변하는 국제 질서 속에서 양국 간에 상생의 길을 걷고 있다고 한다. 중국인 특유의 기질을 인정하면서 우리의 정서를 이해시키면 좋은 이웃나라로 발전할 것 같았다.

친구들과 호텔방에서 얼굴에 팩을 붙이고 찍은 못난이 사진에 웃음이 묻어난다. 이번 여행도 나의 여행기 한쪽에 자리를 잡고 벌써 추억이 되고 있다.

# 어쩌다 생각이 나겠지

**연**말이면 유명 가수들이 앞 다투어 개인 콘서트를 연다. 사실 젊은 가수들의 노래는 이해하기 힘들어서 초대를 받는다 해도 망설이겠지만 7080세대 가수 콘서트는 대환영이다. 그러나 티켓 값이 만만치 않아 주저하기 마련이다. 아들이나 딸이 연말 선물로 티켓을 준비하면서 일정을 물어오면 "비싼데 괜찮다~" 손사래를 치면서도 속마음은 은근 기쁘다. 요즈음은 동창회에서 똑똑한 회장님이 일괄 티켓을 구입해서 가기도 한다. '소경이 제 닭 잡아먹는다' 는 속담처럼 회비를 쓰는 것이지만 회원들은 회장의 센스에 감탄하며 즐거운 구경을 한다.

티켓 선물을 받아 올림픽 체조경기장에서 열린 '패티김 은퇴 공연' 을 다녀왔다. 만여 명의 팬들이 한국 대중가요계에 한 획을 그은 가수의 마지막 공연을 감동으로 지켜봤다. 1958년 데뷔해 55년 동안 수많은 히트곡을 남긴 패티김의 무대는 "종이 울리네 꽃이 피네~"라는 도입부로 유명한 '서울의 찬가'로 시작되었다. 하얀 커트 머리로 등장한 그는 그동안 목이 쉴까봐 살이 찔까봐 먹지 못했던 김치, 밥, 아이스크림을 이제는 마음대로 먹을 수 있다면서 "I am free!"를 외쳤다. 그만의 프로 정신이 돋보였다.

그는 나이를 모래시계에 비유하며 "75세는 아직 57살 밖에 안 된 것"이라고 유머를 던지기도 하였고, 또 '사랑하는 마리아'를 부르며 객석을 돌 때에는 수많은 관객들이 악수를 청하여 노래가 중단되기도 했다. 75세의 나이는 어디로 가고, 여전히 멋쟁이 가수인 패티만이 그곳에 있었다. 그러나 가족 소개를 하면서 손주 자랑을 하는 모습은 여느 푸근한 할머니 모습과 같았다.

따르는 후배 가수들이 당당한 패티를 울렸다. 대선배를 향한 존경과 멋진 은퇴를 응원하는 영상 메시지로 조용필과 조영남이 등장하더니, 이윽고 인순이, 양희은, 이선희, JK김동욱, 이은미 등 10명의 후배 가수들이 무대 위로 등장했다. 객석을 등지고서 눈물을 흘리는 그의 곁을 후배 가수들은 웃으면서 지켜보고 있었지만 마음속은 존경과 사랑을 담아 언젠가 찾아올 자신들의 은퇴 무대를 생각했을 것이다.

소외계층을 초대해 1,000여 개의 좌석을 기부한 은퇴 공연이 아쉬움 속에 막을 내렸다. 노래하는 패티를 더 이상 만날 수 없지만 그가 노래했던 음악들은 우리 가슴에 긴 세월 동안 남아 있을 것이다. '이별', '가을을 남기고 떠난 사람', '초우', '4월의 노래', '가시나무새' 등등 셀 수 없는 많은 노래가 아쉬운 마음보다 수고했다는 인사가 더 어울릴 것 같았다. 55년을 가수로서 살아낸 그에게 존경의 박수를 보냈다. '굿바이 패티!

8월 달력을 넘기니 9월이다. 빨간 글씨 추석연휴를 살피면서 패티의 '9월의 노래'를 흥얼거린다. 개인적으로 일면식도 없는 은퇴한 그가 불현듯이 보고 싶고 그의 노래가 듣고 싶어서 휴대폰을 열었다.

9월이 오는 소리 다시 들으면/ 꽃잎이 피는 소리 꽃잎이 지는 소리 가로수에 나뭇잎은 무성해도/우리들의 마음엔 낙엽은 지고~

외딴 마을의 빈집처럼 갑자기 외로움과 그리움이 밀려온다. 그때 전화가 울린다. 전화기 너머로 택배기사가 "송편이요" 외친다. 송편을 받아 냉장고에 넣고 발걸음은 이미 추석 장을 보러 마트를 향하고 있었다. 장바구니 끄는 소리에 사랑이 오는 소리는 어디 가고 사랑이 가는 소리가 들린다. 내 사랑은 어디로 갔나?

# 왕자와 공주의 사랑

서양 동화속의 왕자와 공주라는 단어는 동경의 대상이다. 책에 나오는 왕자는 무조건 멋있고 공주는 우아해서 한 번쯤 백설공주, 신데렐라, 인어공주의 왕자나 공주가 되어보고 싶었다. 그러나 동화 속 주인공이 아니고 실존했던 우리나라 공주인 평강공주, 선화공주, 요석공주는 독이 든 사과를 먹고, 신발을 신어보고, 왕자를 기다리지 않았다. 상대방을 엄격하게 단련하거나 힘이 되어 훌륭한 일에 나서게 한 능동적인 공주님들이었다. '프라랑'이라 불리는 신라의 대단한 공주를 찾아 시간 여행을 떠난다.

신비한 나라 페르시아왕자와 신라공주의 이야기를 기록한 페르시아 고전 서사시 「쿠쉬나메」가 있다. 「쿠쉬나메」는 고대 신라를 바실라Basilla로 표기했는데 '아름다운 신라' '더 좋은 신라'라는 뜻으로 신라를 사람이 살기 좋은 유토피아로 생각했다. '한양대학교 이희수 교수'를 통해 「쿠쉬나메」 필사본은 2010년 국내에 알려졌고, 2013년 원본 필사본을 영국 국립도서관 희귀 문서실에서 찾아내어 그동안 번역과 연구를 꾸준히 해왔다. 전체 800여 쪽 중에서 신라부분이 500쪽 이상을 차지할 정도로 유래 없이 소중한 책이다.

책의 내용은 1300여 년 전인 650년경 서아시아의 사산조 페르시아가 아랍-이슬람 군대와 전투 끝에 무너졌는데, 400년 대제국 마지막 왕 '야즈데게르드 3세'는 '고토회복'이라는 유훈을 남기고 왕자 '피루즈'와 왕실가족들을 중국 당나라에 피신시키고 전사한다. 그러나 651년 중국 당나라 고종과 이슬람 제국 사이에 공식 외교관계가 수립되면서, 적국의 왕실 가족을 보호해주기 어려웠던 당나라는 이들을 추방 시켰는데 그 이후 역사기록에서 이들의 존재는 사라져버린다.

사라진 그들이 놀랍게도 「쿠쉬나메」라는 서사시에서 페르시아 왕자 '아비틴'이란 이름으로 나타난다. 그들은 신라로 이주했는데 당시 신라는 삼국통일을 앞두고 고구려, 백제와 치열한 전쟁을 하고 있었다. 신라는 첨단 기술과 무기를 갖추고 국제정세에 밝은 페르시아 왕자 일행을 환영했다. '아비틴' 일행은 화랑들에게 군사기술과 폴로경기를 가르쳐 주는 등 신라의 통일에 큰 업적을 세운다. 페르시아 왕자는 신라 신하들의 반대와 힘든 과정을 극복하고 아름다운 신라

공주와 결혼을 한다.

'아비틴' 왕자는 신라에서의 안정된 생활을 했으나 늘 고향을 그리워했고 선대왕의 유훈에 따라 빼앗긴 나라를 되찾기 위해 신라공주와 험난한 바닷길을 따라 페르시아로 돌아간다. 신라왕이 마련해준 배와 선원들의 도움을 받아 1만㎞가 넘는 바다 실크로드를 따라 동남아시아와 인도양을 지나 걸프해에 당도한 다음 다시 육로로 카스피해 쪽에 자리를 잡았다. 아비틴 왕자와 프라랑 공주는 아들 '페레이둔'을 낳는다. '페레이둔'은 자라서 페르시아를 구하는 전쟁에 참전하는데 이미 아랍인들의 영토가 된 고토회복에 실패하고 적에게 죽임을 당한다. 나라를 되찾지는 못했지만, 페르시아 왕실 가족들은 신라에서 생활했던 기억과 경험들을 자세하고 흥미롭게 전하는 기록을 남겼다. 신라는 그들에게 구세주의 땅이었고 어머니의 나라이기 때문이었다.

이 책에는 신라의 기후, 지리, 천문지식, 궁중의례와 음식, 복식, 음악 등에 관한 흥미로운 이야기가 담겨 있다. 동시에 실크로드를 따라 펼쳐진 장대한 전쟁과 이주, 모험과 고난, 사랑과 이별, 배신과 복수같은 풍성한 스토리를 담고 있다. 실제로 고대 한반도와 세계의 교류는 실크로드라는 문명의 젖줄을 통해 활발하게 이루어졌고, 새로운 세상과 물자, 문화에 대한 우리민족의 진취적 호기심은 상상 이상이었다. 그것이 오늘날 세계 속 한류의 원동력이자 한국인의 글로벌 DNA의 원천이라고 생각한다. 이미 1300여 년 전 신라는 당시 유행하는 트렌드와 패션, 사치품과 앞선 기술들을 적극적으로 받아들였다. 경주고분 98호 남분에서 발견된 유리병(국보 193호), 페르시안 카펫의 사용, 아라베스크 문양과 페르시아 장신구 등이 이를 증명해 주고 있다. 통일신라시대에 아랍인들이 신라에 진출해 영구 정착했다는 아랍어 기록들이 있다.

「쿠쉬나메」는 역사와 신화가 함께 섞인 우리의 상상력과 흥미를 자아내는 훌륭한 이야기다. 시기적으로 655~660년경으로 추정할 수 있는데 역사적 상상력으로 「쿠쉬나메」에 등장하는 신라왕은 삼국통일을 앞둔 태종무열왕, 공주 '프라랑'은 그의 딸, 태자 '가람'은 문무왕으로 추정할 수 있다.

평강, 선화, 요석처럼 프라랑도 용기 있는 공주였다. 「쿠쉬나메」 기록을 보면 외국인 왕자와 결혼을 하고 머나먼 남편의 나라로 함께 갔으며 남편과 아들에게 훌륭한 내조를 했고 그들의 죽음을 승화시켜 공주의 위엄을 지키고 살면서 페르시아의 어머니로 존경을 받았다. 아직 자세한 해석과 연구가 필요하지만 지금 「쿠쉬나메」는 신화가 아닌 역사로 다시 1만㎞ 항해의 돛을 올리고 있다. 우리는 '프라랑' 공주와 함께 오는 그들 모두를 활짝 열린 마음으로 기다리고 있다.

# 비누거품

우리나라 자동차 등록 대수가 2,100만 대(2017년 기준)라고 한다. 자동차 1대당 인구수는 2.3명이니(미국 1.3명 일본 1.7명) 거의 한 집에 자동차 한 대씩을 소유하고 있는 셈이다. 그 자동차를 운전할 수 있는 운전면허증 소지자가 남자 약 1,800만 명, 여자 약 1,300만 명 모두 3,100만 명 이상이다. 나도 그 중 한 사람이다.

1987년 봄 강남면허시험장에서 치른 필기시험에서 백점 없는 98점을 받아 1등이라며 박수를 받았는데, 기능시험은 간신히 3번 만에 합격을 했다. 따끈따끈한 '2종 보통면허증'을 받던 날의 기쁨은 뿌듯하고 짜릿했다. 그러나 그 기쁨은 잠깐이었고 도로 연수를 받고 혼자서 운전대를 잡던 날은 눈앞이 깜깜했다. 오른쪽으로 가야 하는데 왼쪽 방향지시등을 작동시키고, 그러다 실수로 윈도 브러시를 작동시켰는데 중지시킬 줄 몰라 쩔쩔맸다. 연수 첫 날 동네 한 바퀴를 돌았는데 온몸이 땀범벅이었다. 고속도로를 처음 진입했을 때는 너무 느리게 달려 다른 차의 진로를 방해했고, 주차를 못해 구박을 받는 일은 다반사였다. 그렇게 시작한 운전을 이제는 30년 넘게 하고 있다. 이제 차종이 다른 렌터카 운전도 겁나지 않고, 비 오는 날 혼자서 좋아하는 음악을 들으면서 운전하는 멋도 부릴 줄 안다.

　그동안 몇 번의 적성 검사를 받았다. 5년에 한 번씩 적성검사를 받았는데 요즈음은 10년 간격으로 바뀌었다. 지난 달 남편이 뜬금없이 2종 면허증을 1종으로 바꾼다며 함께 가자고 했다. 2종 면허 소지자가 7년 무사고 운행을 하면 1종으로 갱신을 할 수 있는데 1종으로 바꾸면 승차정원 15인 이하 승합차, 12톤 미만 화물차, 건설기계 10톤 미만 특수 자동차, 원동기장치 자전거 등을 운전할 수 있다고 한다. 특수 자동차나 화물차를 운전할 일은 없겠지만, 15인승 승합차를 운행할 일은 생길 수 있다며 동창들이 1종 면허증으로 갱신을 해서 자랑을 한다고 했다. 그 말을 듣고 보니 나도 은근히 1종으로 바꿔보고 싶어 따라 나섰다. 간단한 신체검사 후 즉석에서 '1종 보통면허증'을 받았다. 30여 년 전 2종 면허를 처음 받았을 때처럼 기쁘지는 않았지만 1종 면허증에는 면허가 업그레이드된 또 다른 기쁨이 있었다. 올해가 2015년이니 적성 검사는 10년 후인 2025년으로 적혀 있었다.

2025년! 그때도 운전을 하고 적성검사를 받으러 면허시험장에 오게 될지 의문이 든다. 나이가 많다고 아이들이 위험하다며 운전을 못하게 할 수도 있겠고 내 자신 스스로 운전을 안 할 수도 있을 것 같다. 10년이면 흔히 강산이 변하는 긴 세월이라지만 요즘 어찌나 시간이 빠르게 지나가는지… 새 면허증을 받고 10년 후 적성검사 할 때의 내 모습이 그려진다.

우리의 삶은 비누가 만들어 내는 거품이 아닐까. 그 거품은 빨래를 하고 때를 씻는 제 할 일을 다 하면 사라진다. 물로 씻긴 거품은 재활용이 안 된다. 그저 물과 잘 어울려 흘러가는 것이 자연의 이치인 것 같다. 나이 듦을 안간 힘을 쓰며 외면할 이유가 없는 것이다. 어제는 사라졌지만 오늘은 향기 좋은 비누 거품이다. 그래서 오늘 나는 새 면허증을 자랑하고 있다.

날마다 문 닫는 박물관

# 세밀가귀전細密可貴展

**가**을이 열리고 있다. 주황색 말랑말랑한 연시를 한 바구니 샀다. 작년 이맘 때 중국 시안 여행길에서 먹었던 작은 연시의 달콤한 맛이 2200년 전 진시황 병마용들과 함께 느낌표를 거느리고 전설이 되어 다가온다. 천 년 전 고려장인들 솜씨를 만나보는 호사를 누리기 위해 쉼표를 챙겨 '세밀가귀전'이 열리고 있는 리움 미술관을 찾았다. 내년이 되면 이 또한 전설이 되리니…

중국 송나라 사신 '서긍徐兢 1091~1153'은 1123년 고려 개경에 다녀온 경과와 견문을 그림과 함께 '선화봉사고려도경'이라는 여행보고서를 썼다. '세밀가귀의 뜻'은 서긍이 고려의 나전을 보고 '세밀함이 뛰어나 가히 귀하다 할 수 있다'라고 '선화봉사고려도경'에 기록한 표현이다. 세밀가귀전은 12세기 고려의 찬란했던 문화를 세밀하게 섬세하게 정교하게 살펴볼 수 있는 전시로 금속공예, 고려불화, 도자기, 회화 등 다양한 분야의 140여 점의 유물(국보 21점, 보물 26점)들이 아름다운 자태를 보여 주고 있었다.

섹션별로 문양 형태 묘사로 나누어 전시했는데, 문양은 선사시대부터 꽃 피운 화려한 장식과 정교함의 극치를 기물의 표면 위에 다양한 기법으로 조명하였다. 동아시아 나전의 역사는 당나라 시대부터 나타나는데 옻칠을 한 바탕에 얇게 켠 전복 껍질을 붙인 예는 우리나라 나전이 유일하다고 한다. 고려 조정은 '전함조성도감鈿函造成都監'을 설치하고 나전 제작에 관여한 기록이 있는데, 특히 경전을 보관했던 경합은 25,000개 이상의 나전 조각을 붙여 솜씨를 뽐냈으니 세밀함과 섬세함이 신의 경지에 이른 듯하다. 현존하는 나전 경합은 모두 17점인데 국립중앙박물관 소장 1점을 포함 8점을 감상할 수 있는 행운을 누렸다. 또한 향완의 은입사 세공 솜씨나 감지에 불경을 사경한 공력의 정교함은 그저 바라만 보아도 가슴이 떨렸다. 세계 유일의 상감기법을 활용한 상감청자, '서긍'이 천하제일로 칭송했던 비색 청자 또한 정교함과 화려함의 원류를 보여주었다.

고대부터 조선에 이르기까지 다양한 불교 미술 금속공예품은 손으로 빚어낸 섬세함을 새겼고 형상을 붙여 장식한 상형자기는 정교하고 사실적인 아름다움 그 자체였다. 최고 경지를 또 다른 형태의 완성으로 보여주고 있었다. 붓을 통해 표현된 섬세함과 다채로운 모습을 조명한 묘사 방법은 고려 불화에 나타난 화려하고 치밀한 문양과 극세필로 표현한 사경변상도를 통해 종교를 예술로 승화시킨 불교 회화의 아름다움을 볼 수 있었다.

이번 전시는 컴퓨터를 통해 작품들의 세밀한 부분들을 확대해서 볼 수 있었는데 IT 강국인 우리나라의 진보된 전시 기법이라서 무척 흥미로웠다. 화면을 터치해서 앞 뒤 좌우를 살펴보면서 고려 장인들의 들숨 날숨을 오감으로 느낄 수 있었다. 그러나 이렇게 훌륭한 명품들이 일본의 중요 문화재로 등록되어 있는 것도 많고 미국, 네덜란드, 프랑스 등 외국에 소장되어 있어 안타깝다. 무엇보다 우리나라의 국격을 높이는 것이 문화재 환수를 하는데 중요한 일 같다.

우리역사를 공부하고 유물을 감상하는 것은 고조선 시대 그 이전부터 지금까지 이 땅에서 태어나 자라고 죽은 선조들을 만나는 것이다. 이름이 남아있는 왕과 신하들, 이름 모를 장인들의 이야기를 귀기울여 들음은 오늘을 사는 나에게 길 위의 길이다.

능엄경에 나오는 견월망지見月忘指라는 고사가 있는데 달을 보려면 달을 가리키는 손가락은 잊으라는 말이다. 형상에 매이지 말고 본질을 보라는 뜻이다. 서긍이 칭찬한 청자는 명문이 없어 솜씨 좋은 도공이 누구인지 모르지만 세월의 더께가 쌓여 있다. 그 안에서 천년 세월을 견디어낸 또 다른 나를 발견하는 일이다.

과거의 기억에서 현재를 찾고 미래를 기다린다. 미술관 뜰에 가을빛이 가득하다. 벅찬 가슴으로 가을을 안았다.

# 천지가 고요하다

**결**혼한 아들 내외와 함께 살고 있다. 2년만 같이 지내고 분가하겠다 했는데 손자가 태어났다. 며느리는 계속 직장을 다니고 나는 손자를 돌보고 있다. 요즘 시니어들의 화두인 손자를 봐줄까? 말까? 선택의 여지없이 당연히 손자를 봐주고 있다. 옛말에 "밭을 맬래 애를 볼래?" 물으면 모두가 밭으로 갔다는 얘기가 있는데 나는 밭으로 가지 않고 저절로 '당근형' 할머니가 된 셈이다. 손주 돌보기는 내 운명이라는 '운명형', "내 인생은 나의 것"을 외치며 거절하는 '거절형', 직장 다니는 딸이나 며느리의 미래를 위해 아이가 어린이집에 다닐 때까지만 도와준다는 '자녀 미래형'도 있다. 물론 전문가들이 만든 황혼 육아 유형이다.

사람들 삶에 정답이 없듯이 아기 돌보는 일도 각자 집안 형편에 따라 다르다. 아이 엄마가 돌보지 못할 경우에는 조부모가 돌봐주기도 한다. 딸이나 며느리가 해외서 출산하고 육아하는데 출국해서 손자를 돌보는 '그랜드 마더'도 있다. 아이 엄마가 기르는 것이 가장 좋은 방법이지만 고학력 전문직 엄마들이 직장을 다니면서 육아 문제가 커다란 사회문제가 되었다. 자식을 낳아 기르는 일이 생색낼 일이 아닌데 출산을 포기하는 저출산 국가로 순위를 올리는 것이 안타깝다.

손자와의 일상은 매일 반복 학습이다. 어제는 엄청 빠른 치타가 되어 순식간에 현관이나 화장실로 진출해서 신발을 쭉쭉 빨아먹더니, 오늘은 열나고 아파서 선한 사슴 눈으로 애처롭게 쳐다본다. 먼지를 고사리 손으로 집어먹고 입은 하루 종일 침을 생산해서 젖은 턱받이를 달고 지낸다. 저녁이면 종일 먹은 우유병이 바구니 가득이고 응가한 엉덩이를 닦으러 화장실을 다섯 번 드나들 때도 있다. 웃고 울고 자고 응가하면서 몸과 생각의 무게를 늘려가고 있다. 어제와 다른 오늘이다.

아이를 기르면서 우리 내외는 통장 하나를 더 갖게 되었다. 기쁨과 즐거움이 차곡차곡 찍히는 손자 이름 통장이다. 통장이 넘쳐서 새 통장이 몇 개나 더 생길지 모르지만 방긋 웃을 때, 처음 뒤집기 할 때, 배밀이로 길 때, 짝짜꿍을 하고 그 어려운 곤지곤지와 쥠쥠을 했을 때, 벌벌 떨면서 섬마섬마 했을 때, 처음 걸음마 했을 때마다 꼬박꼬박 저금해 두었고, 분유 한 통을 뚝딱 먹었을 때, 앙앙 울 때, 응가를 했을 때도 고 귀여운 모습을 저금해 두었다. 아들네와 지금은 함께 살지만 언젠가는 분가를 할 것이고, 손자와도 당연히 헤어질 것이다. 그때 꺼내 볼 추억을 미리 저금해서 산고를 높이고 있다. 힘들지만 그 무엇과 바꿀 수 없는 무지개 통장이다.

친구가 카톡으로 재미있는 사진을 보내왔다. 어느 결혼식 축하 화환 사진인데 가운데 꽃 장식 아래 결혼을 축하합니다 라고 쓰여 있고 두 줄 리본 중 한쪽에 '친정에 얼라 맡길 생각마라!' 또 한쪽에는 '친정엄마 친구 목련회원 일동' 이라 쓰여 있었다. 하하하… 그 집 딸은 이 화환을 보고 뭐라고 할까? 결혼하고 아기 낳으면 길러 준다고 한 약속은 온데간데없다며 결혼 취소한다고 할 것 같다. 우리나라는 가족관계가 다른 나라와 달라 3세 미만 아기들의 육아를 조부모가 돕는 경우가 70%가 된다는 통계가 있다.

내 자식도 결혼하면서 이미 배신의 나팔을 불고 떠났는데 손자를 아무리 정성을 다해 길러도 곧 떠나는 날이 올 것이다. 아이들은 날마다 자라고 우리는 날마다 늙어간다. 아이들이 자라면서 할아버지와 할머니를 어느 날 잠시 기억해 준다면 더 바랄 것이 없을 것 같다.

갑자기 집안에 적막감이 감돈다. TV 소리가 유난히 크게 들린다. 무언가 허전하고 배도 고픈 것 같다. 밀린 집안일이 태산인데 손이

가지 않는다. 그냥 멍 때리고 있다. 아이들이 초등학교 시절 성당서 여름 수련회에 가고 남편도 연수 떠나던 날 느꼈던 자유로움이다. 그 때의 여유롭고 편안함이 생각난다. 손자가 외갓집에 다니러간 토요 일 오전 풍경이다. 나는 지금 한 손에 차 한 잔을 들고 허전한 다른 손 에 무엇을 들어야 할지 몰라 거실을 서성이고 있다. 천지가 고요한데 갑자기 시계의 초침 소리가 벽에서 튀어나와 달리기하고 있다. 손자 는 내일 온다 했는데… 몇 개 돋아난 치아를 드러내며 녀석이 제 방 에서 웃으며 나오고 있다.

# 축하합니다

**지**방에 사는 친정어머니한테서 전화가 왔다.

"애미야, 오늘 기쁜 일이 생겼다."

"무슨 좋은 일인데요?"

"내가 단골로 다니는 홍삼가게서 연락이 왔는데 백만 원 상품권에 당첨이 됐다고 한다."

"와우! 축하해요, 엄마!"

어머니가 사는 인구 20만 도시에서 3명이 뽑혔는데 우리 엄마가 당첨된 것이다. 며칠 전 핸드폰으로 문자가 왔다. '고객님께서 00식사권에 당첨되었으니 연락바랍니다.' 지난 동창 모임 때 갔던 식당 계산대 옆에 명함을 넣는 곳이 있었다. 한 달에 한번 씩 추첨을 해서 식사권을 준다고 쓰여 있었다. 명함이 없어서 메모지에 전화번호와 이름을 써서 재미 삼아 응모를 했었다. 서둘러 식당에 전화를 했더니 편리한 시간에 와서 식사를 하라고 한다. 며칠 뒤 1인 식사권이라서 남편과 함께 한 사람 값을 더 치루고 식사를 했지만 당첨된 사실 자체가 기분 좋았다.

나는 평소 어디에 응모하면 당첨이 잘되는 편이었다. 신혼시절 D 방송에 글이 뽑혀 전화로 출연했었는데 조미료 세트, 엄청 크고 두꺼운 백과사전 3종, 주방기구 등 양손 가득 팔이 아프게 선물을 받아왔다. '월간지 샘터' '일간지 독자투고', 백일장에 준장원, 차상, 차하, 가작을 여러 번 수상하기도 했다. 고만고만한 글 솜씨 자랑에 운 좋게 뽑힌 것이다. 서울 600년 맞이 백일장은 상금을 현금으로 주었는데 30여년 전의 30만 원은 살림에 보탬이 되는 거액이었다.

한 번은 H백화점 주최 '남편에게 편지글 쓰기'에 뽑힌 적이 있었다. 남편은 직장에서 아내 이름으로 꽃다발 선물을 받아 동료들한테 부러움을 받았고 부상으로 유명 코미디언 박세민과 함께 부부동반 2박 3일 제주도 여행을 다녀왔다. 함께 간 10쌍 20명이 D제약회사 모델이 되어 용두암을 배경으로 찍은 사진이 5대 일간지에 실렸다. 그 당시는 일간지의 힘이 대단해서 집 전화가 한동안 불이 날 지경이었다. 일류 호텔 숙박, 유명 여행지 동행, 맛있는 식사제공, 코디네이터가 화장을 도와주었고 사진작가가 사진을 찍어 주는 호강을 누렸다.

어느 해 여름 동네에 있는 L백화점 앞을 지나는데 반짝반짝 새 자동차가 리본을 매고 있었다. 백화점 창립 몇 주년 기념으로 대대적인 경품 행사를 하고 있었다. 물건을 사지 않아도 누구나에게 응모권을 주었는데 리본을 맨 자동차가 1등 상품이고 순위 차례로 해외여행 상품권, 백화점 상품권 등 다양한 선물이 있었다. 응모권을 받아 응모를 했다. 응모한 일조차 잊고 있었던 어느 날 연락이 왔다. 두 사람이 갈 수 있는 태국 5박 6일 여행상품에 당첨이 되었단다. 어머나! 이런 행운이! 다섯 쌍 여행권 행운 중 하나가 나한테 온 것이다. 이 여행권으로 친정 부모님께서 태국을 다녀오셨고, 나는 효도 여행을 시켜드린 효녀 심청이 되었다.

그런데 언제나 행운이 함께하는 것은 아니었다. 지금 사는 아파트는 10층까지 있다. 처음 입주할 때 입주민이 모두 모여 탁구공에 미리 써놓은 층과 호수를 각자가 뽑기로 했다. 다른 사람도 그랬지만 나도 전망 좋은 7층이나 9층을 원했다. 늘 운이 좋은 내가 뽑기를 했고 결과는… 지금 우리가족은 10년 넘게 101호에 산다. 행운의 여신이 나를 버리던 날, 이솝 우화 '여우와 신포도'의 여우가 되기로 했다. 높이 매달린 포도를 딸 수 없자 신포도일 것이라고 단념한 것처럼 마음을 바꾸었다. 높은 층 좋은 점 못지않게 예쁜 꽃과 나무들이 가득한 화단과 마당이 우리 것이고, 엘리베이터 기다리지 않아서 좋고, 비상시 대피를 신속히 할 수 있어 좋다고 억지 춘향으로 해석을 하고 나니 마음이 조금 편했다. 무엇보다도 지금은 손자 손녀가 마음껏 뛰어 다녀도 아래층 눈치를 살필 일이 없으니 이 보다 더 좋을 수 없다.

경품 응모에 당첨이 되는 일은 즐거운 일이다. 그러나 그냥 작은 행운일 뿐이다. 당첨이 안 돼도 그만이다. 땀 흘려 노력해서 얻는 결과가 아니기 때문이다. 열심히 노력한 결과를 얻지 못하면 크게 실망이 되지만 당첨이 안 되도 잠시 그때만 섭섭하기 때문이다.

작년 연말 딸내미가 엄마의 당첨 운이 본인에게 넘어 왔단다. 동창회 송년모임에서 선물 추첨을 했는데 선물을 두 개나 받았다며 자랑을 했다. 그러고 보니 몇 년 전부터 모임에서 주는 선물을 한 개도 받은 적이 없다. 지금까지 누려왔던 행운이 언제인가부터 슬며시 비켜가고 있었다. 신 내림도 아닌데 당첨이 내림이었나? 세습인가? 어제 돼지 꼬리를 붙잡고 뛰어다닌 꿈을 꾸었는데, 로또를 사러 가야하나? 만약 1등으로 당첨되면 어쩌지? 슬며시 웃음이 나온다.

# 무조건 오케이

일요일 오후 15명 여고 동창 단체방 카카오톡이 카톡카톡 울렸다. 한 친구가 음악회를 같이 가기로 한 남편이 사정이 생겼다며 번개팅 신청을 한 것이다. "무조건 오케이!" 답을 하고 약속 장소인 예술의 전당으로 향했다. 모처럼 시벨리우스, 브루흐, 베를리오즈 음악을 감상하고 세계적인 바이올리니스트인 '클라라 주미 강'의 바이올린 연주를 듣는 호사를 누렸다. 친구가 와주어서 고맙다며 저녁까지 샀다. 귀와 입이 호강을 했다.

광복절이 지났지만 연일 가마솥 무더위가 기승을 부리고 있던 날이었다. 문학동아리 단체방에 문자가 떴다. "벙개 칩니다. 내일 강원도 양양 가실 분 선착순 3명 연락 바람" 매일 손자를 돌보는 할머니 본분을 망각하고 "무조건 오케이!" 다음날 4명이 양양으로 떠났다.

1박 2일 여행이라서 아이 챙기느라 남편이 눈부신 활약을 했음은 물론이다.

철 지난 바다의 한적함을 기대했던 양양해수욕장은 젊은이들로 북적였다. 예쁜 몸매를 드러내는 래시가드를 입고 윈드서핑을 즐기는 그들이 부러웠다. 구릿빛 얼굴에서 젊음이 선인장 가시가 되어 사정없이 우리들을 찔렀다. 아! 아파라! 오! 부러워라! 준비해온 수영복도 없었지만 젊음의 가시에 찔린 우리는 그대로 바다로 뛰어들어 가시 찔린 몸을 식혔다. 바다가 특별 부탁을 했는지 파도의 속살거림은 부드러움의 절정이었다.

사실은 해산물 만찬을 즐기는 것이 우리들의 목표였다. 엄청난 목표를 달성한 우리들은 배가 부르니 마음 또한 너그러워졌다. 맥주 캔을 앞에 놓고 밤새 자식들 흥보기에 의기투합을 했다. 상대의 얘기를 들어주고 내 고민을 얘기했다. 서로 다른 생각과 의견이 있기도 했지만 시비를 걸 이유는 없었다. 그대로 받아들이고 이해하면 되었다. 영향력 없는 민초지만 정치 이야기, 온난화된 지구촌의 미래와 북극곰의 생존을 걱정하는 성명서를 네 사람 이름으로 내는 쾌거를 이루었다. 서로의 마음을 공유하는 힐링의 밤이었다.

4인방은 다음날 새벽 절집 순례를 했다. 쉬고 또 쉰다는 '휴휴암', 의상대와 홍련암을 품은 '낙산사', 조선왕조실록 등 사서를 보관했던 오대산 사고가 있는 '월정사', 우리나라서 가장 오래된 동종(국보 36호)을 볼 수 있는 '상원사'까지 무려 4곳의 절집을 답사했다. 하루에 3곳의 절집을 순례하면 큰 복을 받는다는데, 우리는 집 떠나면서 이미 받은 복에 각자의 종교대로 또 부처님께서 주시는 복을 거절 못하고 다 받아온 욕심쟁이가 되었다.

요즘 새로 생긴 신조어 '번개팅'은 대개 단체 카톡방에서 이루어진다. 여럿이 동시에 같은 사연을 공유한다. 태풍 피해를 입지는 않았는지 제주도에 사는 친구한테 서로서로 안부를 묻기도 하고, 아로니아를 수확한 지인은 단체 주문을 받기도 한다. 연락 창구로 이만한 장치가 없다. 계절에 어울리는 시(詩)나 노래를 보내주어 고마울 때도 있고, 예쁜 무료 이모티콘을 보내주는 센스쟁이도 있지만 폐해도 있다. 찬찬히 읽어보면 틀린 말 하나 없는 '나이 들어 잘 사는 방법' '스페셜 건강 상식' 등 영혼 없는 문자나 개인적인 여행 자랑, 손주 자랑에는 공감이 가지 않는다. 새해인사 성탄절 축하 메시지도 마찬가지다. 특히 전혀 궁금하지 않은 편향된 정치 이야기와 선거철에 폭탄처럼 쏟아지는 홍보 메시지는 정말 싫다. 문명 이기의 부작용이다.

핸드폰의 장점과 단점을 따지는 것 자체는 아무 의미가 없다. 깜짝 놀랄만한 이 신기한 기기를 만들어낸 과학자들에게 경의를 표할 따름이다. 지구상에 인류가 출현해서 살아온 기나긴 세월 동안 내가 잠시 살고 있는 이 시간에 필요한 자료를 검색하고 도움을 받는 것으로 그냥 감사하다. 다른 이름으로 다가오지만 '카톡 카톡' 울리는 소리는 살가운 소리다. 이 세상에 나의 존재를 기억하게 해 주는 또 하나의 진심어린 배려다. 언제부터인지 핸드폰 마니아가 되어있는 기계치인 내가 신기하다. 집 안에 있는 지금도 핸드폰을 들고 다니며 누군가 번개 쳐 주기를 기다린다. 번개 치면 무조건 오케이! 저는 항상 준비됐답니다!

# 황하黃河는 내일도 흐른다

먼먼 옛날 아무도 모르게 생겨났다
잠에서 깨어보니 온몸은 누런빛
삼천년을 씻고 또 씻어도 또다시 황톳빛
으레 그러려니
아버지 천오백번 제방을 쌓고 어머니 씨앗을 뿌렸다

오늘도 어제처럼 무심한 강바닥이 트림을 하던 날
사립문은 온데간데없고
막내를 재웠던 강보가 황톳빛으로 사라졌다
피멍든 가슴을 안고 울고 또 울었다

내 품으로 모두 오너라
황제皇帝와 염제炎帝가 넉넉한 미소로 누런빛 옷을 지었더니
벼는 고개를 숙여가고 어머니 배도 불러갔다

거북등에 글자 새겼고 옥피리를 만들며 물레를 돌렸다
새들이 노래했다


빈집은 고치고 새집을 지었다
갈퀴 같은 손으로 세발솥에 밥 지어 먹이고
생로병사를 끌어안은 어머니가 그곳에 있었다
황하가 그곳에 있다
황하는 어제도 오늘도 내일도 흐른다

## 제5부
# 소반들은
# 어디로 갔을까

# 사소한 이야기

운전 중이었다. 언제 어디서부터 동행을 했는지 파리 한 마리가 앵~ 나타나며 인사를 한다. 하필 운전하는 앞 유리창에 한참 붙어 있더니, 자유 비행을 한다. 무지 신경이 쓰인다. 올림픽대로라 신호등이 없어 잠시 멈출 수도 없다. 자동차 창문을 모두 열고 '어서 나가주셔요' 하고 외쳤지만 도무지 귓등이다. 세 번이나 애원했지만 문을 열면 나간 것처럼 조용하다가 닫으면 또 앵~ 이다. 거의 1시간이 걸린 목적지 도착까지 약을 올렸다. 너 죽고 나 산다 하며 목적지에 도착했다. 순간 잊고 운전석 문을 열었더니 앵~ 하고 나간다. 에고 분해라.

손톱 옆에 거스러미가 생겼다. 그냥 무시하고 신경 안 쓰면 되는데 자꾸 만져진다. 석 달 전 그냥 뗐다가 염증이 생겨 엄청 고생한 안 좋은 추억이 있었지만 기회를 잡아 확 뗐다. 피가 조금 나더니 손톱 전

체를 빙 두르고 욱신거린다. 외출 중이라 당장 소독약도 없었고 결국 염증이 생겨 또 고생을 했다. 그 뒤로 손톱깎이를 꼭 가지고 다닌다. 성가셔도 좀 참을 것을, 에고 아파라.

고속버스를 타고 친정에 다녀오는 길이었다. 어머니께서 길 떠날 때는 꼭 화장실에 다녀와라 하셨다. 내가 무슨 어린이인가 별것을 다 참견하시네 하며 그냥 탑승 했다. 차를 탈 때는 분명 느낌이 없었는데 30분쯤 지나고 나서 신호가 왔다. 2시간 후 휴게소에 정차하는데 어쩌지. 참을 수 있을 때까지 참아보자. 이를 악물었다. 엉덩이를 의자에 꽉 붙이고 다리를 꼬고 단전호흡을 했다. 고속도로라서 버스가 일정 속도로 달려서 그나마 다행이었다. 만약 신호등이라도 걸려 기사가 브레이크라도 밟는다면 그야말로 폭발할 지경이었다. 시간은 겨우 30분이 지나고 있었다. 앞으로 1시간을 더 가야 했다. 한계에 다다랐다. 그런데, 설상가상으로 차가 밀리기 시작했다. 식은땀이 났다. 나도 모르게 신음 소리를 냈다. 옆에 앉은 여자 분이 물었다.

"아주머니 어디 아프서요?"

"아, 네. 화장실이…"

"어쩌지요, 제가 기사님께 말씀드려 볼까요?"

바로 그때 남자 목소리가 크게 들렸다.

"기사님, 차 좀 세워 주서요. 화장실이 급해요."

"조금만 더 가면 휴게소인데 좀 참으셔요."

"너무 급하니 좀 세워 주셔요."

"그럼 차선을 바꿔 갓길에 세울 테니. 미리 화장실을 다녀오시지…"

차가 갓길에 멈추자 뛰어 나간 사람은 나였다. 내 뒤를 옆자리 여자분이 쫓아 내렸다.

"승객 여러분은 시선을 왼쪽으로 보셔요. 만약 아주머니들 쪽을 쳐다보면 간첩으로 신고합니다."

기사의 협박에 승객들의 와! 웃음소리를 뒤로 하고, 한 아주머니가 신문지로 가려주고 한 아주머니는 이름 모를 마을 풀밭에 거름을 주었다. 날아갈 것 같았다. 버스로 돌아와서 정신을 차려보니 두 사람의 대화를 우연히 들은 통로 옆 남자분이 순간 기지를 발휘한 일이었다. 신문지도 남자분이 내 옆자리 여자분에게 준 것이라고 한다. 너무 민망하고 부끄러웠다. 휴게소에서 호두과자를 사서 돌리고 기사와 두 분에게 감사 인사를 했다. 그 후 습관적으로 버스를 탈 때나 조금 먼 길을 떠날 때는 꼭꼭 화장실에 들른다. 우리 어머니 말씀이 "내가 다 겪어봐서 안다. 부모 말을 들으면 자다가도 떡을 얻어먹는단다" 하며 손자까지 본 할머니인 나를 구박했다. 생리적인 일이라 누구나 겪을 수 있는 일이지만, 가끔 타는 고속버스에서 나처럼 수선을 피운 사람을 아직까지 못 보았다. 에고 부끄러워라.

　사람은 살면서 누구나 크고 작은 일을 겪게 된다. 천재지변을 순식간에 당할 수도 있고, 다른 사람에 의해 원하지 않는 일을 겪는 수도 있다. 또한 내가 자초한 일로 고통을 받기노 한다. 그러나 새옹지마塞翁之馬라는 고사처럼 길흉화복은 늘 바뀌고 변화가 많다. 분하고 아프고 부끄러운 사소한 일을 통해 작은 지혜를 얻는다면 이 세상은 어린 왕자가 함께 사는 아름다운 지구별일 것 같다.

# 아니야

올해 여름은 덥기도 더웠다. 집에 어린 손주가 있어 선풍기와 에어컨을 종일 켰다 껐다를 반복하며 지냈다. 지구의 전체적인 온난화로 북극의 얼음이 녹아내리는 기상이변 현상이 지구에 영향을 미쳤다는데, 문득 우리 선조들의 여름나기가 궁금했다. 일반 백성들은 논일 밭일을 하며 뙤약볕 아래서 무더위와 싸우다 계곡에서 물맞이를 하거나 우물가에서 등목을 했다. 양반들은 산이나 계곡 등 풍경 좋은 곳에서 탁족회, 시회를 즐기며 더위를 이겼다. 사철 무명옷을 입은 백성들은 여름에도 무명옷을 입었고, 양반들은 삼베 모시 등 통기성이 좋은 옷에 등등거리, 등토시를 착용해 땀을 식혔다. 잠잘 때는 죽부인과 정답게 여름밤의 별을 헤아렸다.

일상생활 속에서는 바람을 이용해 더위를 이겨냈다. 단오에는 부채를 선물해 한 해 동안 더위를 이겨 내기를 바랐다. 모시옷을 입고 부채를 든 선비의 모습이 멋스럽게 보인다. 선비들에게 부채는 필수품이었다. 부채는 손으로 부쳐서 바람을 일게 하는 기구다. 가는 대오리로 살을 만들어 그 위에 종이나 헝겊을 바른 것이다. '부치는 채' 라는 말이 줄어서 '부채' 가 되었다.

먼 옛날 인류는 나뭇잎 부채를 썼다. 세계에서 가장 오래된 부채는 이집트 투탕카멘 왕의 피라미드에서 발견된 황금봉에 타조의 깃털을 붙인 것으로서 3000년 전 것이다. 동양에서 가장 오래된 부채는 경남 창원시 다호리의 고분에서 출토한 옻칠이 된 부채 자루로 기원전 3, 4세기경의 것으로 추정된다. 1123년 송나라 사신 '서긍' 이 쓴 「선화봉사고려도경」에 "고려인들은 한겨울에도 부채를 들고 다니는데 접었다 폈다 하는 신기한 것이다"라는 기록이 있다. 우리 선조들은 접었다 폈다 하는 부채를 발명하여 중국과 일본에 그 기술을 전했다. 부채가 공예품으로 멋을 부리며 여러 모양으로 만들어지고, 발달된 것은 종이가 발명된 시대부터 시작된다. 우리나라의 닥나무 한지는 질기고, 가볍고, 수명이 길어 부채 만들기에 가장 좋은 종이이다.

또한 "남자는 검으로 무장하고 여자는 부채로 무장한다. 그러나 여자의 부채가 남자의 검보다 더 큰 힘을 발휘 한다."라는 속담이 있다. 서양에서는 17~18세기 상아와 보석이 장식된 화려한 부채가 여성들의 사교모임 필수품이었다. 궁정과 귀족사회를 중심으로 여성들이 부채를 통해 밀담과 정담을 나누는 도구로 사용했다. 필요에 의해 암호화된 '부채 언어' 가 생겨났고 이를 가르치는 특별학교까지 생겼다. 부채를 상대방 앞에 떨어뜨리면 '따라 오셔요', 손바닥에 강하게 내리치면 '사랑해요', 이마에 대고 시선을 돌리면 '나를 잊지 마셔요', 펼친 부채를 접으면 '당신과 결혼을 약속 합니다' 를 나타내는 사인이었다.

부채는 시원한 바람을 내어준다. 모기나 파리 등 날짐승들을 피할 때, 등을 긁을 때, 모자처럼 햇볕을 가릴 때도 요긴하다. 부채를 사용하는 일은 여름날 에어컨 선풍기 등 문명의 이기에 묻혀 사는 우리들에게 멋스럽게 사는 방법 하나를 일러주는 방법이라고 생각한다. 올여름 문인화 작가인 친구에게서 초충도草蟲圖가 그려진 부채를 선물로 받았다. 수박, 패랭이꽃, 나비가 그려진 접는 부채에는 작가의 이름과 내 이름이 멋들어지게 쓰여 있다. 이 세상에 하나뿐인 귀한 선물이다. 가벼운 수술을 한 뒤라서 건강하라는 덕담이 눈물 나게 고마웠다. 모처럼 남편과 공원 산책을 했다. 부채 언어를 생각하며 걸으면서 가지고 있던 부채를 손바닥에 내리쳤다. 아무 반응이 없다. 이번에는 부채를 보란 듯이 앞에다 떨어뜨렸다. 남편 왈 "칠칠치 못하게 떨어뜨리나" 하며 부채를 주워서 앞서간 나한테 전해준다. 부채 언어는 모르고 나를 따라온 이분을 어떻게 할까 고민해 본다. 펼친 부채를 확 접어 보이며 재혼을 약속할까? 아니야! 아니야! 아니야!

# 관冠

모자帽子는 머리에 쓰는 것으로 동서양의 모양이 다르지만 추위와 더위에 머리를 보호하고 권위를 상징한다. 요즈음의 모자는 장소와 필요에 따라 패션의 완성으로 각광을 받고 있다.

우리나라의 대표적인 모자로는 왕이 쓰던 면류관冕旒冠과, 익선관翼善冠이 있다. 면류관은 왕이 의식을 치를 때 쓰는 관으로 옆으로 드리운 면冕은 귀를 막고, 앞에 드리운 류旒는 눈을 가리는데 왕이 이목耳目을 가까운 데 쓰지 않고 들리지 않는 먼 소리에 귀를 기울이고, 보이지 않는 먼 곳을 본다는 것을 상징한다. 익선관은 왕이 평상시에 쓰는 관으로 항상 매미의 오덕五德:文, 淸, 廉, 儉, 信을 잊지 않아야 한다는 의미에서 임금이나 신하 모두 매미 날개를 관모에 붙여 사용했었다.

사대부와 유생이 집 안에서 착용하던 정자관程子冠은 말총으로 산자

형山字形 관의 꼭대기는 터져 있다. 유생들이 향교나 서원 과거시험장 제사에 참석할 때 쓰던 유건. 상투를 할 때 머리가 흘러내리지 않도록 쓰는 망건, 말총이나 대나무를 가늘게 오려 엮어 그 위에 흑칠을 한 갓은 성인 남자들의 관모였다. 의관을 정제한다는 뜻은 사대부의 단정한 옷차림으로 모자를 갖추어 쓰는 것이었다. 패랭이는 대나무를 가늘게 오려 정수리가 둥근 모양인데 역졸·보부상·백정 등의 하층민이 많이 사용하였다. 보부상은 상처가 났을 때 필요한 목화솜을 양쪽에 달고 다녔다.

여러 가지 패물 장식을 한 화관은 조선후기 궁중과 사대부가의 여인들이 행사 때 사용하는 관모로 서민들도 혼례 때 사용하였다. 족두리는 아래는 둥글고 위는 육각형으로 장식이 없는 민족두리, 패물로 장식한 꾸민족두리가 있다. 조바위는 조선후기와 개화기 때 부녀자들이 방한모로 썼다. 아얌은 개화기 때 머리를 감싸는 머리띠 형태에, 뒷부분에 댕기 같은 모양의 장식이 붙어 있다.

헬멧은 전쟁 시의 투구로 오늘날은 소방관, 광부, 건설공사 인부, 데모진압 경찰, 풋볼·아이스하키 선수들이 착용하는데 그 종류가 다양하다.

우리 동네는 몇 년 째 지하철 공사를 하고 있다. 공사장에서 일하는 분들이 쓰고 있는 헬멧을 자세하게 보게 되었다. 헬멧 가운데는 플래시가 있고 아래 테두리에는 OO건설회사 지하철 920공구 전화번호, 본인 이름과 전화번호, 직종, 직급, 혈액형, 응급실 전화번호가 있었다. 공사장에서 안전에 신경 쓰는 장치였다. 요즈음은 여름이라서 챙을 붙이고 선글라스를 착용하고 있었는데 무함마드, 알리, 압바시, 응우엔, 후엉 등의 이름을 보니 건설 현장에 외국인들이 많이 근무하는 것을 알 수 있었다.

친정아버지는 모자를 좋아하고 사랑한 컬렉터였다. 돌아가신 후 유품을 정리하면서 살펴보니 거의 백여 개의 모자가 있었다. 국내 국외여행 할 때마다 모자를 사서 모은 것이다. 색색깔의 야구모자, 베레모와 중절모, 밤무대 가수가 쓰는 반짝이모자, 해적선장의 삼각형 모자, 북한군인 스타일 모자도 있었다. 조카와 제부들이 나누어 썼는데 돌아가신지 10년이 지난 지금도 아버지 방에는 베트남 밀짚모자인 '논'이 걸려 있다. 어머니께서는 아마도 아버지와 함께 여행 다녀오신 추억을 그리워하시나 보다.

옷장 속의 모자들을 꺼내 보았다. 여름과 겨울 계절별로 20개가 넘는 모자가 쓰임을 기다리고 있었다. 나는 분명 우리 아버지 딸이 맞나 보다. 외도하는 남편의 뒤를 밟는 영화 속 주인공처럼 맘에 드는 모자를 골라 쓰고 선글라스로 변장을 했다. 목적지는 동네 재래시장!

# 웃어야 할지 울어야 할지

**왕**의 부인을 중전마마, 세자빈을 빈궁마마라고 부르는데, 몇 년 전부터 빈궁마마라는 단어가 유행했다. 한자의 뜻은 다르지만 자궁을 적출한 여성을 격상시켜 우스개로 그렇게 불렀다. 몇 달 전 빈궁마마라는 위상 있는 별칭하고는 당최 거리가 먼 '쓸개 없는 사람'이 되었다. 용종이 1년 전보다 자라서 1㎝ 이상 더 커지면 악성으로 변할 확률이 높다며 의사가 시술을 권했다. 복강경 시술로 쓸개를 제거했다. 전신마취라서 약간 겁이 났지만 3박 4일 입원 후 퇴원해서 별탈 없이 잘 지내고 있다. 입원실에서 옆 환자들 증상이 천차만별이었다. 시술 후 각자 쓸개서 나온 담석膽石을 환자에게 선물로 주는데 손톱만한 크기의 돌, 탁구공 크기의 진흙덩어리, 진짜 보석처럼 색깔이 예쁜 작은 돌들이 나온 환자는 사리가 나왔다며 신기해했다. 나는 형체가 없는 용종이었다. 50g짜리 작은 주머니에서 나온 이물질들의 정체가 각양각색 신비했다.

우리 몸에는 오장五臟과 육부六腑가 있다. '오장'은 간장, 심장, 폐장, 신장, 비장이고, '육부'는 대장, 소장, 위, 쓸개, 방광, 삼초다. 쓸개는 담낭膽囊이라 부르기도 하는데 길이 8cm, 굵기 2cm 정도의 가지 모양 주머니로 간의 아래쪽에 붙어 있다. 간에서 분비된 쓸개즙은 하루에 1,000cc 이상 분비 되지만 쓸개 속에서 50~60cc 정도 농축 저장된다고 한다. 쓸개즙은 음식을 먹기 시작하면 30분 내에 전부 방출되며, 그 뒤에는 간에서 나온 쓸개즙이 직접 분비된다. 담석이나 용종으로 인해 쓸개를 제거해도 소화에는 거의 영향이 없다고 한다. 쓸개는 쥐, 사슴, 당나귀, 고래, 비둘기 등에는 없으며 쓸개가 없는 동물은 쓸개즙이 바로 십이지장으로 분비된다.

쓸개즙은 무척 쓰다. 순대를 사면 간도 주는데 쓴 부분이 쓸개가 붙어있던 곳이다. 술을 많이 먹었을 때나 체했을 때 토하면 나중 쓴 물이 올라오는데 바로 쓸개즙이다. 고사성어 '와신상담臥薪嘗膽'의 뜻은 '섶나무 위에서 잠자고 쓸개를 핥는다'는 뜻으로, 목적을 달성하기 위해 어떠한 고난도 감수하는 정신을 말한다. 쓸개즙의 맛이 얼마나 쓴가를 짐작할 수 있다.

소의 쓸개 우황牛黃, 곰의 쓸개인 웅담熊膽은 물론이고 개의 쓸개까지 동물의 쓸개는 최고급 한약재로 쓰인다. 이를 보면 쓸개가 매우 중요한 장기임에는 틀림이 없는데 맹장처럼 떼 내도 별 지장이 없다니 아이러니하다. 우리 어머니 증언에 의하면 나는 갓난아기 때 우황을 많이 먹어 다른 형제보다 건강하다고 한다. 어머니는 나를 낳고 젖을 먹일 때 유두에 상처가 심했다. 아기에게 젖을 먹이니 약을 바를 수도 먹을 수도 없어 우황을 구해 조금씩 상처 부위에 발랐는데 특효약으로 효험을 봤다고 한다. 그래서 그런지 우황 바른 엄마 젖을 먹은 나는 잔병치레 없이 지내는 특혜를 누리고 있다.

수술 후 친구들이 '쓸개 없는 인간' 이라고 놀린다. 얘기를 나누다 보면 주위에 빈궁마마도 의외로 많다. 의료 혜택을 받은 복 받은 사람들이다. 과거에는 의학이 발달 하지 못했고, 또 몰라서 많은 사람들이 그저 가슴앓이로 앓다가 저 세상으로 갔을 것이다. 조물주가 주신 머리카락 한 올도 소중하니 맹장이나 쓸개도 사람 몸에 꼭 필요한 장기라서 떼 내는 것이 능사는 아니지만, 의학적인 판단으로 수술했으니 의료진에게 감사한 마음이다. 수술하기 전 굶어가며 각종 검사를 받았고, 수술 후 잘 먹지를 못해서 50g의 쓸개와 이별했는데 몸무게는 5kg이 빠졌다. 만나는 사람마다 날씬해진 비결을 묻는데 절로 다이어트를 한 셈이 되었다. 어렸을 적 우황을 먹어서 그런지 감기도 안 걸리고 건강함을 자랑하던 내가 쓸개 제거 수술을 한 것은 무슨 이유가 있을까? 웃어야 할지, 울어야 할지…

# 비밀의 정원 산책

기억의 용량과 밀도에 따라 다르겠지만 머리를 갈래로 땋고 정갈한 교복을 입었던 여고를 졸업한 지 45년이 지났으니 그만 저절로 옛날 사람이 되고 말았다. 다가올 45년은 기약할 수 없으니 지나간 마흔 다섯 개의 별들이 어디로 숨었는지 찾으러 떠났다. 별을 찾아 나선 길은 나무가 자라고 수풀이 우거져 미로가 되어 있었다. 선배님라고 불리는 우리들이 버스 4대를 꽉 채워 양재동을 출발했다. 이리저리 멋을 부렸지만 짧거나 긴 뽀글이 파마머리 스타일에 꽃바지도 한 몫 했다. 할머니가 되어서, 퇴직을 해서, 지금도 일을 해서… 일렁이는 파도 속을 헤엄쳐온 이유 있는 소녀들의 무용담이 깔깔깔 웃음 속에 요정이 되어 날고 있었다. 세월 따라 변해버린 서로의 모습은 굳이 돋보기를 대고 확인할 필요가 없었다.

날마다 문 닫는 박물관

'홈 커밍 데이Home Coming Day' 행사 장소인 H호텔에는 마술사 모자 속에서 튀어나올 비둘기를 기다리는 마음처럼 설레임이 가득했다. 장학금을 전달하고 축사가 이어졌다. 아! 선생님! 태산처럼 커 보이고 든든했던 선생님들이 할머니 할아버지가 되어 그곳에 계셨고, 꽃다 발을 받으실 때 떨림의 소리를 가슴으로 들을 수 있었다. 3학년 때 담임선생님의 부음에 눈시울이 촉촉해졌다.

각 기수 별로 모여 기념 촬영을 하고 장기자랑을 했다. 회갑을 맞은 기수들의 어설픈 퍼포먼스, 피아노 연주, 밸리 댄스, 성악가의 고운 목소리가 행사장을 풍성하게 했지만, 재학생들의 댄스 동아리 공연 은 그 초롱초롱한 눈빛, 젊음의 몸짓으로 모두에게 부러움을 선물했 다. 여고의 특권으로 지금은 상상하기 어려운 3자매, 4자매, 5자매가 동문인 팀에게 특별한 시상이 있었다. 우리 형제도 6자매 중 셋이 같 은 학교의 동문이다. 그 자매들을 기른 어머니들께 마음의 박수를 보 낸다.

서울서 출발할 때, 휴게소에서, 점심식사 때, 방금 끝난 행사 사진 이 멋진 배경음악과 함께 동영상이 되어 마지막 순서를 장식했다. 내 일보다 예쁜 오늘, 너와 나의 모습을 영상으로 보여준 후배에게 찬사 의 박수가 쏟아졌다. 45년 만에 교가를 불렀다. '바다를 등지고 삼학 을 벗해 온 금내 숲 아래 솟은 이집은 세기의 주인인 큰 아기들이~'

우리는 중·고등학교 6년 동안 같은 교정에서 같은 교가를 부르며 월요일마다 애국 조회를 했었다. 멀리서 교복 입은 소녀들이 양쪽 갈래 머리를 휘날리며 알람시계를 끌어안고 뛰는 모습이 보인다.

단체 행사가 끝나고 각 기수 별로 모였다. 사랑스런 그대들인 고향 친구들은 숙소까지 픽업을 하고 과일과 간식을 준비해왔다. 누구의 아내, 엄마, 며느리, 할머니가 아닌 서로의 이름을 부른다. 영숙아! 선희야! 승희야! 지나간 것은 그리움이리니… 밤새워 지난 시간의 씨줄과 날줄을 엮는다. 앨범 속의 선생님을 추억하고 별명을 기억해 냈다.

강당과 도서관 생활관을 오가면서, 교정에서 행운의 클로버를 찾으며, 체육대회 때 옹색한 가장행렬을 하면서 우리는 무슨 이야기를 나누었을까? 국민교육헌장을 외우고 행사 때 4중창으로 노래를 함께 불렀던 남학생들은 어디로 갔을까? 남자 고등학교 학생들이 체육대회 때 우리학교 정문을 마라톤 코스로 정했던 이유를 얘기하며 웃고 또 웃었다. 우물 안 개구리가 따로 없었다. 소도시 속 몇 개 안되는 여고 중 제일이라며 교복의 깃을 세우던 시절의 이야기는 우리들만이 공유하는 비밀의 정원 산책이었다. 미래에 45년을 살아낼 친구들이 몇 명이나 될지 모르지만 이렇게 가끔 만나서 서로의 안부를 묻는 지극히 사소함을 누리는 그 소녀가 되고 싶다. 나이 듦을 사랑하고 여고시절 추억을 기억하는 그때가 언제까지 일지는 모르지만.

할머니는 어머니에게 어머니는 나에게, 나는 딸에게 자리를 내어 주었다. 딸은 제 딸에게 자리를 내어 줄 것이다. 어른들이 그랬듯이 나도 자릿세로 나의 피를 나누어 주었고 경험을 나누어 주었다. 이렇게 내리 사랑을 실천하면서 추억은 모아지고 세월의 흔적은 저절로 더께가 되어 단단한 성을 쌓을 것이다. 늙음은 축복이다. 늙어보지 못한 사람들은 이 축복을 누리지 못한다. 순서 없이 떨어지는 낙엽을 밟으며 내년 봄날을 기다리는 욕심을 부린다.

# 마음의 그릇

인간이나 동식물이 살아가는 데 필요한 것이 여러 가지가 있지만 그 중에도 물은 가장 중요한 자원이다. 우리 인류의 '4대 문명 발상지' 인 황하문명, 인더스문명, 메소포타미아문명, 이집트문명은 모두 강에서 시작되었다. 인간의 몸은 70% 정도가 수분이다. 물이 없이는 하루도 살 수 없다. 우리나라 수도인 서울은 한강을 품고 있다. 한강 (514km)은 강원도 태백시 금대봉(1418m) 검룡소가 발원지이다. 삼국시대에는 대수帶水라 불렸고, 광개토왕비에는 아리수阿利水, 삼국사기는 욱리하郁利河라 쓰여 있다. 백제시대에는 한수漢水라 불렸다. 이 한강 물을 우리는 매일 마시고 생활용수로 쓰고 있다.

'하수 종말 처리장' 이라 불렸던 강남구 소재 「탄천 물 재생자원센터」를 견학하는 기회를 가졌다. 먼저 실내에서 만화로 제작된 영상자료를 보았다. 서울시에는 탄천, 중랑, 서남, 난지 등 4개 물 재생 센터가 있으며, 처리시설 규모는 2017년 현재 하루 498만 톤이다. 하수는 생활에서 발생되는 배수의 총칭으로, 오수와 우수로 구성된다.

오수는 가정에서 발생되는 생활하수, 공장이나 사업장에서 반출되는 오·폐수, 지하수 등을 말하며 가정에서 재생센터까지 발생되는 하수는 작은 하수관으로 연결되어 있다. 그 하수관들이 모여서 점점 큰 관으로 도로 아래의 하수도를 형성하고 있다.

우수란 빗물이 도로 등 배수로를 통하여 모여진 물이다. 한강, 중랑천 등 하천변에 설치된 차집관은 하수가 하천에 방류되는 것을 방지하여 하천의 오염을 차단하는 역할을 하고, 생활하수를 모아서 물재생 센터로 운반한다. 하수관의 총연장은 468.127km이며 빗물이 흘러가는 우수관과 하수가 흘러가는 오수관으로 구별하는데 이렇게 이원화된 형식을 분류식이라고 한다. 우수 오수관 구별이 없이 맑은 날은 오수가, 우천 시에는 우수와 오수가 섞여 흐르는 관의 형식을 합류식이라고 한다. 80년대 이후 신 개발지인 고덕·가락·개포·목동·상계동 등은 우수와 오수를 별도의 관으로 처리하는 분류식 하수도를 설치하여 빗물을 원활하게 배제하고, 물 재생의 효율을 높이도록 했다.

침사지, 최초침전지, 무산소조, 호기조, 최종침전지, 여과설비시설을 차례로 살펴보았다. 탄천 물 재생센터는 매일 90만 톤의 하수가 모이는 곳이다. 지저분한 거품이 가득했던 침사지와 침전지의 오수가 점점 맑은 물로 변하는 모습을 직접 확인할 수 있었다.

맨 마지막 과정인 오니汚泥 sludge 처리시설에서는 농축시킨 고형물을 분리한 후, 생 슬러지와 잉여 슬러지를 약 20일 정도 35℃로 가온시켜 유기물을 분해시켜 감량한 다음, 원심탈수기에서 함수율 10% 이하로 건조하여 고형연료로 화력발전소에 유상 판매한다고 한다.

하수처리의 필요성은 두말 할 나위가 없다. 우리가 세탁할 때 쓰는 합성세제는 하수 처리장에서 완전하게 처리되지 못하고 한강으로 보내진다. 폐유, 휘발유, 신나 등도 하수처리의 주체가 되는 미생물을 사멸시켜 하수처리를 어렵게 한다.

또한 무심코 버리게 되는 음식 찌꺼기, 생활하수, 정화조의 급증 등으로 인한 수질오염이 극심해지고 있고 경제의 성장으로 공장에서 유출되는 산업 폐수가 수질오염을 가속화시켜 우리들의 생명을 위협하고 있다고 한다.

하수 처리수 재이용은 용수원의 추가확보가 중요한 문제다. 종래에는 재 이용량이 매우 적었으나, 지금은 중수重水도 원수原水로서 도시하천의 희석용수 및 위락용수, 공업용수 및 공원의 조경 용수 용도로 공급하고, 농업용수, 분뇨처리장 희석수, 화장실 세정수, 공장의 냉각용 용수로 사용한다. 도시 하천의 친수親水 기능을 살리고 있는 지하수 개발, 해수의 담수화 방안도 상수도 시설 투자비와 유지관리비를 절약하는 방법이다.

가끔 열려있는 맨홀에서 작업하는 분들을 볼 때 별 생각 없이 지나쳤는데, 이곳으로 하수들이 모여 물 재생센터에서 새롭게 태어나 다시 강으로 흘러간다고 생각하니 그분들의 노고에 감사하는 마음이 생겼다. 또 아는 만큼 보인다고 이 하수구가 합류식인지 분류식인지 호기심이 생기기도 한다. 고속도로 휴게소 화장실에 '화장실 세척수로 완전 정화 처리된 깨끗한 중수를 사용하고 있습니다' 라고 써진 글의 뜻도 이해하게 되었다.

물 재생센터를 직접 방문함으로써 생활하수 문제, 하수처리과정, 환경오염, 한강수질 개선방안 등을 체험하고, 하수처리의 가치를 이해했지만 물 부족 국가의 국민으로 내가 실천할 수 있는 일은 쌀 씻은 물을 화분에 주거나, 설거지와 샤워 등을 할 때 물을 아끼는 일이 전부다.

'레미제라블' 에서 장발장이 코제트의 연인 마리우스를 구해 탈출하는 길, '쇼생크 탈출' 에서 주인공 앤디가 탈출한 곳도 하수구였다.

우리가 매일 쓰고 버리는 물, 그 물들이 모이는 하수처리장이 희망의 장소가 된 것이다. 가장 밑바닥에서 끌어올린 자유를 누리며 물의 고마움을 마음의 그릇에 담는다.

# 시간의 결

**안**방과 책방 사이 한 쪽에 퍼팅 연습하는 기구가 있다. 프레임이 나무로 되어 있고 위에 깔린 인조 잔디가 퍼팅 연습을 도와준다. 남편은 화장실이나 방을 오가면서 가끔 아야야~ 비명을 지른다. 또 퍼팅 기구 모서리에 발을 부딪힌 것이다. 20년 가까이 살아온 집에서 몇 년 전부터 들어온 익숙한 소리라서 남편의 순발력 없음을 탓하면서 요즘은 거의 들은 척을 안 한다.

며칠 전 내가 새끼발가락을 퍼팅 기구에 슬쩍 다쳤다. 별 통증이 없었는데 하루가 지나고 나니 까맣게 멍이 들었고, 다음날은 발톱 주변이 욱신욱신 아팠다. 슬리퍼를 신고 병원을 찾았다. X-ray를 찍었다. 의사는 금이 가거나 힘줄이 다치지는 않았다며 일주일 약 처방을 해주었다. 약을 먹지 않으면 상처 난 곳이 욱신거려 어쩔 수 없이 독하다는 정형외과 약을 꼬박꼬박 먹었다. 일주일이 지나도 낫질 않았다.

다음 주 병원에 또 가서 일주일 약 처방을 받아왔다. 열심히 약을 먹었다. 3주째가 되었는데도 별 차도가 없었다. 다시 X-ray를 찍어 의사가 오늘 사진과 지난 사진을 꼼꼼히 비교 분석을 했다. 별 이상이 없다고 한다. 새끼발가락이 몸에서 가장 끝 부분이라서 혈액이 잘 통하지 않아 잘 낫지 않는다는 진단 소견을 듣고 또 다시 처방을 받아 약을 먹고… 발톱이 빠지지 않음을 다행으로 여기면서 여름 내내 한 달여를 고생했다. 병원에 다니는 동안 외출할 때는 구두는 물론 발이 다칠까봐 샌들도 신지 못하고 예쁜 신발을 신은 다른 사람 발만 보았다. 장애인 체험이 따로 없었다. 남편은 여러 번 발을 다쳤어도 병원 신세를 지지는 않았는데 나는 딱 한 번에 안타를 쳤다. 이젠 남편의 순발력 없음을 탓할 수 없는 나이가 되었다.

요즘 친구 모임에 나가면 어디가 아프다, 아픈 데는 무슨 약이 좋다, 음식은 무엇이 좋다 등등 병 자랑에, 처방전 남발하는 돌팔이 의사가 많다. 죽기 전에 다 먹어 볼 수는 있을는지 세상에 좋다는 음식은 참 많기도 하다. 콩이며, 가루, 채소들 이름도 생소한 외국산 식품들이 의사들의 설명과 함께 TV에 나오면 그날 마트와 시장은 난리가 난다고 한다. 의사들의 성분 분석은 과연 타당성이 있는지 의심이 간다. 진시황이 불로초를 먹지 못하고 50살에 죽은 것은 아쉬운 일이기는 하나, 아무리 좋은 음식을 먹어도 결국은 죽음을 맞이하는 것이

자연의 순리다. 고인돌과 피라미드, 타지마할의 주인들은 본인의 의지와 상관없이 영생을 기원하는 후대 사람들의 염원 속에 그곳에 누워 있다. 그들은 죽음을 알고 떠났을까?

발가락을 다친 사소한 일로 나보다 나이가 더 많은 남편을 이해하고, 노인들을 이해하고, 이젠 점점 실수가 빈번해질 나를 용서하는 마음가짐으로 살아야겠다. 나이든 어른들이 "이제 나이가 들었나봐" "나이 들면 어쩔 수 없어" "나이를 많이 먹어서 그래" 하면 자신의 실수를 합리화 한다며 나하고 전혀 상관없을 같았던 말들이 이젠 백퍼센트 이해가 된다. 나이 듦과 화해하는 말들이다. 이렇게 쉬운 화해의 제스처를 그동안 모르는 체 하고 지낸 날들이 나를 향해 웃고 있다.

서울대 신입생들에게 부모님이 언제까지 사는 것이 좋을지 설문조사를 했다. 62세가 평균치였다. 스무 살의 대학 1학년의 생각이 40년이 지난 후에는 바뀔 것을 알지만, 이 씁쓸함을 그들이 이해할까? 하루하루 시간의 결이 쌓여 만든 오늘이 더욱 소중하다. 나의 외할머니, 나의 어머니, 나, 딸, 손녀딸, 우리 집에는 외가로 5대 사진이 걸려 있다. 내일은 105세 외할머니를 만나러 간다. 한 세기를 살아 낸 할머니는 몇 달 전까지 첫 손녀인 날 알아보셨는데…

창밖에 가을비가 내린다. 비를 피해 집으로 들어온 귀뚜라미가 울고 있다. 너는 왜 울고 있니?

# 서원書院 이야기

**봄**이 꽃들을 앞세우고 성큼성큼 걸어오던 날, 서원과 향교 답사를 떠났다. 서원은 조선 중기 이후 학문연구와 선현제향先賢祭享을 위하여 사림에 의해 설립된 사설 교육기관이자 향촌 자치 운영기구다. 정부는 서원의 유네스코 문화재 등재를 추진 중이다. 그 중에서도 문화 유산적 가치가 높은 9개의 영주 소수서원, 경주 옥산서원, 정읍 무성서원, 안동 도산서원과 병산서원, 장성 필암서원, 논산 돈암서원, 달성 도동서원, 함양 남계서원이 있다.

한국 최초의 서원은 중종 38년(1543), 풍기군수 주세붕이 안향(1243~1306)을 배향하는 백운동서원白雲洞書院이다. 이후 이황(1501~1570)이 풍기군수 재임 시 명종 임금이 '소수紹修'라는 이름과 그 현판을 내려주고, 서적과 노비를 지급한 사액서원이다. 이는 곧 국가가 서원을 통한 교육 활동을 장려하겠다는 의지의 표명이었다.

서원은 공립학교인 향교鄕校와 대비되는 조선의 사립학교였다. 제향과 교육의 목적으로 세웠으나 유교의 정신문화 속에 국가 경영과 사회운영을 논하는 경륜을 펼친 곳이기도 하다. 서원은 인격의 완성을 최고의 가치로 삼는 한편 인仁의 실현이라는 보편적인 가치를 확립하였다. 또한 예를 중요시하는 유교의 정신과 문화를 널리 확산, 사회교육의 역할을 수행하였다. 서원에서 이루어지는 제향 의례나 강학 의례 등의 여러 형태의 생활 의례들은 서원이 사회교육을 실현하는 곳이었음을 잘 보여준다.

하서 김인후 선생의 숨결이 살아 숨 쉬는 장성군 필암서원을 찾았다. 필암서원은 호남 지방에서 유일하게 문묘에 배향된 18현 중 한 분인 문정공 하서 김인후河西 金麟厚:1510~1560 선생과 그의 제자이자 사위인 고암 양자징鼓巖 梁子澂:1523~1594 선생을 배향하고 있다. 1868년 대원군의 서원 철폐 때 전국에는 600여 개의 서원이 있었다. 필암서원은 '정읍 무성서원'과 '광주 포충사'와 함께 훼철되지 않은 47개 서원 중 하나이다. 하서는 인종의 세자 시절 시강원에서 글을 가르쳤다. 그러나 인종이 즉위 8개월 만에 사망하고 을사사화가 일어나자, 병을 이유로 사직하고 고향으로 돌아와 성리학 연구와 후학 양성에 정진하였다. 2층 건물인 확연루를 지나 청절당에서 바라보니 내리던 비는 물러가고 멀리 산 위에 아지랑이가 걷히더니 무지개가 떴다. 무지개 저편에 하서 선생이 미소 짓고 있었다.

광주광역시 광산시 광산동에 위치한 고봉 기대승高峯 奇大升:1527년 ~1572을 배향하는 월봉서원은 1578년에 김계휘를 중심으로 지방 유림이 세운 서원이다. 기대승은 학문적으로 뛰어났고 정치적으로 도덕 정치를 지향해서 그 당시 젊은 세대의 기수였지만, 근본주의 원칙론에 매달리면서 경륜을 펴지 못했고 46세에 일찍 죽었다. 퇴계 이황 선생과 사칠논변四七論辯으로 유명한 고봉은 32살에 퇴계의 제자가 되어 12년 동안 서신을 주고받았는데, 그 중 8년간은 사단칠정에 관해 논쟁을 했다. 이 철학적 논쟁은 한국 성리학이 인성론 중심임을 알려줌과 동시에 성리학이 나름의 경지에 오르는 계기가 되었다. 시원한 빙월당 마루에 앉아 해설사의 해박한 설명에 시간 가는 줄 몰랐다. 고봉의 묘소로 올라가는 길은 소나무와 대나무가 어울리게 심어진 아름다운 산책로였다. 월봉서원에서는 저녁식사로 참가자들이 직접 오방색 주먹밥을 만들어 의미 있는 만찬을 함께했다. 봄비 내리던 밤 이황과 기대승의 치열한 논쟁이 빗소리 속에서 들리는 듯했다.

다음날 조선시대의 지방에서 유학을 교육하기 위하여 설립된 관학 교육기관인 향교의 봉심제 행사에 직접 참가했다. 전주 향교는 650년 역사와 700여 명 유림들로 이루어진 전통을 자랑한다. 전국에서 규모가 가장 크고 예절을 중시하는 대표 향교이다. 참가자 100여 명이 나이 지긋한 유생 선생님의 도움으로 머리에 유건을 쓰고, 도포를 입고 도포 끈을 방법에 따라 묶어 유생의 모습이 되었다. 유생들이 근엄한 표정으로 대성전大成殿 뜰에 정렬했다. 헌관獻官이 외친다. "제집사諸執事와 유생 내빈께서는 다 같이 문외위에 나아갑니다." '초헌관初獻官'은 5성위五聖位에 향을 사르고 첫 잔을 올리는 제관으로 제사의 주인인데 일행 중 한 분이 오늘 봉심제 초헌관이 되는 영광을 차지하였다. 아헌관亞獻官 종헌관終獻官 분헌관分獻官들이 줄지어 대성전 앞으로 입장을 하고 당상집례堂上執禮가 홀기笏記를 읽어 진행을 한다. 초헌관이 나아가 홀을 꽂고 손을 씻는다. 대축大祝이 축문을 읽는다. "국궁사배鞠躬四拜~" 참가자 모두가 사배를 올린다. 햇볕이 따가운 더운 날씨였지만, 옷차림을 제대로 하고 참석하니 오백 년 전 선비가 된 듯 마음가짐도 달랐다. 순서에 따라 공자님을 비롯한 증자·안자·맹자·자사 5성과 18현이 계시는 대성전을 향해 여러 번의 배향을 올렸더니 온몸이 땀으로 흠뻑 젖었다.

명륜당에서 학동들의 글 읽는 소리가 바람결에 들린다. 글 읽는 학동들과 부모님들의 소망은 예전이나 지금이나 변함이 없을 것이다. 400살을 자랑하는 은행나무가 주렁주렁 열매를 달고 늠름하게 서 있다. 은행나무가 그 소원 수리를 하고 있는 것처럼 보였다. 향교와 서원을 직접 가서 보고 체험해 보니, 그저 고리타분하게 느껴졌던 유교가 정의롭고 예를 중요시하고 이웃과 함께 나누는 우리들 모습에서 문화로 꽃을 피워 우리의 삶 곳곳에서 자리하고 있음을 느낄 수 있었다. 서양 사람들이 관심을 갖는 동양문화의 중심에 유교가 자리하고 있다. 요즈음 대세인 한류 중심에도 유교가 긍정적인 사상으로 자리매김 하는데 일조를 하는 것 같다. 공자의 나라 중국이 아닌 우리나라에서 '서원'을 유네스코 문화재로 등재시키려고 노력하는 모습에서 석가모니의 나라 인도가 불교가 아닌 힌두교의 나라인 것처럼 아이러니 하다.

# 소반들은 어디로 갔을까

**초**등학교 시절 방학 여름방학은 할머니 댁에서 지냈다. 할머니 댁은 마당이 넓었고 농사를 많이 지었다. 엄청 큰 광이 있었는데, 꼬마들이 서너 명은 들어갈 수 있는 큰 항아리가 여러 개 있었다. 마루 한쪽에는 큰 창고가 있었다. 창고문은 여닫이나 미닫이가 아니고 한문 숫자 一 二 三… 八 九 十이 써진 판자를 위에서 차례로 내려 닫는 모양이었다. 그 창고 안은 숨바꼭질 비밀 장소였다. 막 타작한 보리나 벼를 가마니에 담기 전 산처럼 쌓아 놓았는데, 남자 사촌들과 모래놀이 하듯 그 속을 헤집고 다니다 꺼끌꺼끌한 곡식이 옷 속에 들어가면 울다가 할머니한테 야단맞고 또 울다가 웃었다. 엄청 재미있는 놀이였다.

일 년에 몇 번씩 제사를 모실 때면 할아버지는 장에 가서 커다란 상어를 사왔고, 마당에서는 상어를 잡을 물이 끓고 있었다. 할아버지는 비닐 우산살 대나무로 손수 산적 꼬치를 만들고 밤을 치셨다. 이웃 아주머니들이 솥뚜껑을 뒤집어 전을 부치고 고소한 냄새에 동네 아이들이 들락거릴 때면 음식 준비가 끝나고 있었다. 고모부들이 동물과 꽃들이 그려진 화려한 화조도 병풍을 두르고 나면, 다리가 긴 상위에는 먹 향이 그윽한 지방을 가운데 모셨다. 어른 팔뚝만큼 커다란 생선들과 켜켜이 쌓아 올린 떡, 전, 산적, 약과들이 서로 키재기를 하고 있었는데 그 중 내가 제일 먹고 싶었던 것은 아무도 모르게 할머니가 주시던 꽃 모양으로 오린 삶은 계란이었다. 제사를 모시고 음복을 하고 지방을 태우는 순서가 끝나면 졸린 눈을 비비며 있던 아이들에게 할머니는 맛있는 곶감, 계란, 알록달록한 사탕을 나누어 주셨다. 지금도 동생들과 만나면 할머니가 큰 언니에게 계란 한 개를 몰래 더 주셨다며 이미 돌아가신 할머니를 성토하며 한바탕 웃는다. 그때가 그립다.

제사 때 쓰던 청자 주병, 대청마루 구석 뒤주 위에 얌전히 앉아있던 백자 항아리들, 한지를 꼬아 만든 할머니의 바느질 그릇, 작은 서랍이 달린 경대, 놋화로와 소반들… 할머니 댁은 늘 객식구가 많아서 부엌에는 크고 작은 소반이 여러 개가 벽에 걸려 있었다. 할머니 할아버지가 돌아가신 후 결혼한 삼촌을 작은아버지로 부르던 날 쑥스럽고 부끄럽던 기억이 난다. 작은어머니가 할머니 댁의 안주인이 되었고, 새마을 운동이 한창일 때 커다란 항아리와 도자기들은 장독대에 깔리고 담장에 뾰족뾰족 꽂혔다. 그 많던 소반은 아궁이에서 불쏘시개가 되었고, 둥그런 알루미늄 상과 플라스틱 바가지가 부엌의 주인이 되었다.

그때는 몰랐던 우리 공예품들의 가치를 알고 나니 이미 떠난 옛사랑이다. 소반은 길이 곱게 든 반들반들한 광택, 자그마한 형태, 매끈한 선, 풍만한 곡선의 부조와 투조 등에서 한국적인 아름다움을 지닌다. 생산지에 따라 통영반, 나주반, 해주반 등으로 부르고, 받침 형태에 따라서 다각형, 직사각형, 사방형, 원형 등으로, 다리모양에 따라 구족반, 호족반, 죽절반으로 부르기도 한다.

해주반은 기둥의 다리가 없고, 반면 양측에 판각을 한 개씩 붙인 모양이다. 장방형으로 네 귀는 약간씩 각을 굴리면서 부드러운 곡선으로 꺾여 있다. 나주반은 변죽을 따로 파서 상판에 엇물려 붙이기 때문에 상판이 휘거나 쪼개지지 않고 튼튼하며 간결하고 소박하다. 다리 또한 곧고 장식이나 화려한 조각이 없고 나뭇결을 그대로 살릴 수 있도록 생 칠을 사용하는 것이 특징이다. 통영반은 실용적이고 튼튼하여 현대까지 많이 쓰이고 있는데 통영 지방은 나전칠기로 유서가 깊은 곳으로, 자개 세공의 솜씨가 소반에도 표현되고 있다. 소반들은 느티나무, 은행나무, 피나무가 많이 쓰인다.

할머니 댁에 걸려있던 소반들은 할아버지와 식구들의 밥상으로 아들과 사위들의 주안상으로 제삿날이면 친척과 이웃들의 밥상과 다과상으로 제 할 일을 충실히 다 하고 있었는데, 그 공로는 간데없이 어느 날 아궁이에서 한 줌의 재가 되었다.

며칠 전 지인의 소개로 해주 소반 하나를 구입했다. 소반을 사들고 오던 날, 낡고 볼품이 없어 보였는지 남편이 "그거 돈 주고 샀어? 누가 버린 것이여?" 하고 물었다. 뒤늦게 소반을 산 이유는 할머니 댁의 소반들이 불쏘시개가 되기 전 챙기기 못한 미안한 마음이 들었고, 이제라도 귀한 것을 알아보는 안목을 키우려 함이다. 지구상에서 영원한 것은 없지만 마음만은 영원하니까.

유명한 영화 '미션'의 마지막 장면에서 신부들을 설득하기 위해 교황청에서 파견되었던 주교는 다음과 같은 보고서를 쓴다. "신부들은 죽고, 저만 살아남았습니다. 하지만 실제로 죽은 건 나고, 산 자는 그들입니다. 언제나 그렇듯 죽은 자의 정신은 산 자의 기억 속에 남아있기 때문입니다." 소반들은 이미 없어졌지만 내 마음 속에는 못을 단단히 친 벽에 걸려 있다. 새로 산 소반이 돌아가신 할머니께서 행주질 하시던 소반은 아니지만 잘 닦아 기름칠을 했다. 오래된 골목에서 미소 가득한 모습의 할머니를 만났다.

# 오 대한민국

유명 기업가가 쓴 책이름처럼 세상은 넓고 할 일은 많다. 사람마다 좋아하는 취미가 다르고 잘하는 일이 다르다. 아침마다 배달되는 조간신문은 우리 집에서 나 혼자 읽는 독점권을 누리고 있다. 남편은 돋보기 쓰고 글을 읽으면 머리가 아프다며 신문은 물론 책하고는 담을 쌓고 지내면서, TV 리모컨은 잘 때도 가슴에 안고 잔다. 아들과 며느리는 어린 손주에게는 책을 읽어야 한다며 글씨도 모르는 아이를 위한 책을 책장 가득 사오면서, 정작 본인들은 인터넷으로 뉴스를 보고 책을 읽는다. 책은 납작한 나의 머리와 마음을 부풀게 하는 마술을 지녔다. 좋아하는 역사책을 밤 새워 읽은 다음날은 얼굴이 부어서 보톡스를 맞은 듯 얼굴이 탱탱한 마술을 경험하기도 한다.

책은 언제 누가 만들었을까? 책은 라틴어 '리베르liber'가 어원이다.

먼 옛날 인류는 나무의 얇은 껍질, 돌이나 짐승의 가죽과 뼈, 나무 이 파리 등을 사용했다. 그러다 이집트 나일강 주변에 자라는 파피루스를 쓰게 된다. 그러나 파피루스는 접기에 불편하고 양면을 쓸 수 없어서 양쪽 끝을 나무나 상아로 된 막대기에 말아서 만든 두루마리 형태로 썼다. 이후 양피지로 만든 묶음 책은 보관과 읽기에 편했다. 그때 부터 책에 그림을 그려 넣었다.

유럽에서는 오랫동안 양피지가 쓰였지만 2세기 초 중국에서는 종이가 발명되었다. 종이의 발명은 인쇄술의 발달로 이어졌다. 수·당나라 시대에 발전한 불교는 목판 인쇄술을 크게 발전시켰다. 우리나라는 인쇄 책 중에서 세계에서 가장 오래된 751년(신라 경덕왕 10년 국보 126호)에 만들어진 『무구정광대다라니경無垢淨光大陀羅尼經』을 보유하고 있다. 또한 1234년(고려 고종 21년) 세계 최초로 금속활자를 만들어 '상정예문' 50권을 간행했으나 기록에만 전하며, 현재 남아있는 금속 활자본은 1377년(고려 우왕 3년) 청주 흥덕사에서 간행된 『백운화상초록불조직지심체요절白雲和尙抄錄佛祖直指心體要節』이다. 구텐베르크가 간행한 성서보다 78년이나 앞선다. 고려는 팔만대장경을 두 번 간행했다. 몽고의 침략으로 초조대장경(현종 2년 1011년)이 소실되자 지금 해인사에 소장된 재조대장경(고종 19년 1232년)을 간행했다. 가로 70㎝, 세로 24㎝ 크기인 경판 81,256장의 수천만 개의 글자에 오자 탈자가 없다는 점에서 고려 불교의 높은 위상을 느낄 수 있다. 팔만대장경은 2007년 6월 세계기록문화유산에 등재되었으며, 대장경이 보존되어 있는 '해인사 장경판전'도 유네스코 지정 세계문화유산으로 등재되면서 그 가치를 더하고 있다. 천 년 가까운 세월 동안 우리와 함께하는 신비한 신화다.

조선은 활자의 나라였다. 왕이 주도하여 활자와 책을 만들어서 유교통치 이념을 실현하고자 했고 세자교육, 일반 백성 계도를 위해 책을 펴냈다. 태종의 계미자를 시작으로 세종은 갑인자를, 정조는 정유자를 만들어 법전과 책을 펴내 왕의 통치 위엄을 나타냈다. 국가가 주도한 금속활자 30여 회, 민간에서 목활자 30여 회를 만들었고, 한 번에 수만 자의 활자를 만들었다. 금속활자 50여 만자, 목활자 30여 만자가 현재 국립중앙박물관에 남아 있다.

우리나라는 유네스코 세계기록유산에 고려시대 『직지심체요절』 『해인사대장경판 및 제경판』, 조선시대 『훈민정음』 『조선왕조실록』 『승정원일기』 『조선왕조의궤』 『동의보감』 『일성록』 『난중일기』 『한국의 유교책판』, 근대 『새마을운동 기록물』 『5·18민주화운동 기록물』 『KBS특별생방송 이산가족을 찾습니다 기록물』이 등재되어 있다. 목판에 무구정광대다라니경을 새겨낸 신라 장인, 금속활자로 직지심체요절을 찍어낸 백운화상, 금속활자를 만든 세종과 정조, 프랑스 국립도서관에서 직지를 찾아낸 서지학자 박병선 박사(1929~2011)는 모두 우리가 기억해야 할 선조들이다.

  인쇄술은 날로 발전하여 지금 우리는 문자의 홍수 시대에 살고 있다. 홍수에서 살아남는 방법은 무엇일까. 좋은 책을 찾아서 독서를 하는 일이 하나의 방법일 것이다. 편집하고 인쇄해서 서점에 나와 있는 책들은 저자나 출판사의 자식이나 다름이 없다. 베스트셀러로 성공하기를 기대하며 세상에 내보냈다. 독자 입장에서는 귀한 책들을 손쉽게 읽을 수 있으니 이보다 더 좋은 일이 어디 있을까.

  이렇게 대단한 활자의 나라 대한민국에서 아직도 노벨문학상 수상자가 나오지 않는 것은 무슨 이유인지 누구한테 물어봐야 할지 속상하고 답답하다.

# 김씨 여행기

'시'월드Si-world' 라는 단어가 있다. 시월드란 남편의 집안 즉 시어머니 시아버지 시누이처럼 '시媤' 자가 들어간 사람들의 세상 '시댁'을 뜻하는 신조어다. 시월드는 젊은 며느리들이 가장 싫어하는 단어라서 '시' 자가 들어간 시금치도 안 먹고 시계도 안 차고 시청역도 안 간다는 우스갯소리도 있다.

결혼할 당시 나의 시월드는 시어머님과 5형제였다. 형제 중 가운데인 남편은 위로 형님과 누님, 아래로 여동생이 둘이다. 남편 형제들의 성격은 이성보다 감정이 앞서는 스타일인데 나는 그 반대라서 가끔 의견 충돌이 있기도 했다. 20여 년간 모시던 어머님이 돌아가셨고, 이제는 자식들을 결혼시키고 할머니 할아버지 서열이 되다 보니 이해 못할 일도 없고 섭섭한 일도 곰삭히는 나이가 되었다. 시누이들과는 가끔 연극이나 콘서트 구경을 하기도 하고 새로 담근 김치가 맛있다고 나눠먹는 편안한 사이로 지낸다.

둘째 시누이가 집들이를 한다고 연락이 왔다. 당연히 5남매가 모이는 줄 알았는데 우리 부부만 참석했다. 아주버님은 다리가 아파서, 누님은 배탈이 나서, 막내 시누이는 오는 길에 자동차가 고장이 나서 불참했다. 3년 전, 동남아로 여행을 가자고 의견을 낸 적이 있었는데 여러 사정으로 가지 못했다. 집안 행사에 우리만 참석하고 보니 이제 가슴이 아닌 다리가 떨려 여행가기 힘든 나이가 된 것 같아서 시 월드 가족들을 위해 마음이 급해졌다. 우선 국내여행을 권하는 문자를 돌렸더니 대찬성의 답신이 왔다. 여행지는 시누이들이 평소 가보고 싶었다는 전라도로 정하고 날짜를 맞추고 촘촘하게 스케줄을 짰다. 충청도 김씨 5남매 중 사정이 생긴 아주버님은 불참하고 3명의 시누이와 출발했다. 5명 나이를 더하니 합이 337세! 자동차가 묵직했다.

남편 김 기사는 즐거운 마음으로 운전을 하면서 시누이들과 이야기꽃을 피웠다. 주인공이 바뀌고 또 바뀌었다. 어렸을 적 이웃에 살던 순길이 오빠, 영희네, 진순네의 족보가 나온다. 어디로 시집을 갔고 애들은 몇이고 그 집 뒤란에 감나무가 있었고, 마당에서 거위가 집을 지키는 파란 대문집이 부러웠다는 등 사소한 얘기에 서로 공감하는 모습에서 오늘 여행이 과거가 되고 추억이 되는 내일이 기다려졌다. 자동차는 진도대교를 지나서 진도 타워에 도착했다. 이순신 장군 동상을 배경으로 기념사진을 찍고 울돌목에서 바다울음 소리를 들었다. 시인인 나의 막내이모 '하순명 시비詩碑'가 있는 아름다운 세방 낙조에서 일몰 풍경을 바라보면서 잠시 감상에 젖었다. 진도국립국악원에서 공연을 감상하고 그곳 숙소에서 여정을 풀었다. 가는 날이 장날이라더니 마침 우리 일행이 뜸북이국으로 아침식사를 하러 가는데 읍내 장날이었다. 뜻하지 않게 장 구경을 하니 주부의 직업의식이 절로 나와 간식도 사고 검정쌀, 울금, 미역을 한보따리씩 샀다.

운림산방 토요경매에 참석해서 미술 애호가가 되어 보기도 하고, 전도연 주연의 영화 '스캔들' 촬영지인 운림지에서 기념촬영을 하더니, 각자의 아이들에게 사진 전송을 하며 남매의 우정을 과시한다. 운림산방은 진도 여행의 백미로 깊은 산골에 아침저녁으로 피어오르는 안개가 구름숲雲林을 이루었다고 하여 붙여진 이름이다. 이곳은 단순한 화실이 아닌 소치 허련에서부터 미산 허형, 남농 허건, 임전 허림, 의재 허백련 등 대를 잇는 화가들의 산실이자 호남을 남종문인화의 유적지로 평가받고 있다.

큰 시누이가 꼭 가고 싶었던 한반도 최남단 해남 땅끝 마을에서 모노레일을 타고서 전망대에 올라 땅 끝을 눈에 담고 펼쳐진 바다를 가슴에 담았다. 지하철을 무료로 탈 수 있는 65세 이상 '지공선사' 는 관광지의 입장료도 무료다. 이번 여행은 둘째 시누이의 생일이 65세 되는 날에서 5일이 지나 무료입장 덕을 보았다. 적은 돈이었지만 특권을 누리게 된 시누이는 기분이 좋기도 하지만 이제 가을 나이가 되었다며 쓸쓸해했다. 해남 관광을 마치고 목포로 향했다. 목포의 명물인 평화광장 '춤추는 분수쇼' 는 구경하는 사람이 거의 없어 혼자서 춤추는 고독한 여인 같아 안타까웠다.

숙소인 친정어머님 댁에서 엄마표 집밥을 든든하게 먹고 유달산에 올랐다. 비 내리는 유달산 중턱 '이난영 노래비' 에서 처연하게 심금을 울리는 '목포의 눈물' 노래가 흘러나온다. 어쩐지 슬픈 항구인 목포가 내 고향이다. 조각공원에서 예술 눈높이를 높였고 해양박물관과 자연사 박물관은 공룡 화석과 하늘과 바다 땅속의 온갖 동물들이 우리들을 절로 고고학자 예우를 해 주었다. 둘째 시누이의 로망이었던 담양 소쇄원의 제월당 뒷마루에 앉으니, 중국 성리학자 주희가 지은 '무이구곡도가武夷九曲櫂歌' 가 들린다. 소쇄원 풍경은 우리를 꽃이 되고 바람이 되게 해주었다. 인터넷으로 맛집을 검색해 가며 막내 시누이 추천 여행지인 맛과 멋의 고장인 전주를 찾았다. 경기전 입구서 무표정 수문장들과 기념사진을 찍고 어진박물관에서 '태조 이성계' 를 뵈었다. 한옥마을을 걸으면서 잠시 조선시대 시간여행을 다녀왔다.

집 떠나면 고생이라는 얘기가 있지만 이번 '김씨 남매' 여행은 포근한 추억여행이 되었다. 이제는 같은 부모님 슬하에서 부대끼며 지낸 시간보다 각자 배우자들과 함께한 시간이 더 길지만, 여행이라는 틀 속에서 유년시절 공유했던 그들만의 소리들이 화음을 이루어 근사한 합창을 만들고 있었다. 전라도를 조금 맛 본 이번 여행을 시작으로 유홍준의 『나의 문화유산답사기』를 따라 국내 여행을 새롭게 시작해 보려한다. 다음은 청자 고장 강진에서 다산 정약용과 김영랑을 만나자고 했더니, 담양서 떡갈비를 먹고 순천 선암사, 여수 향일암, 소록도까지 가자며 주문이 다양하다. 세상은 넓고 할 일이 많은 줄 알았는데 세상은 넓고 가볼 곳이 참 많기도 하다. 김 기사는 미소만 짓는다.

날마다 문 닫는 박물관

# 가장 어려운 청중

**강**남구에 소재한 중학교 초등학교에 '강남의 역사와 문화'에 대해 강의하러 다닌 지가 여러 해가 되었다. 강의 대상은 주로 중학교 2학년, 초등학교 3학년, 5학년이다. 약속한 학교에 가면 먼저 교문에서 친절한 보안관이 방문 표찰을 준다. 교무실에 들러 담당교사를 만나는데 가끔 교장 교감선생님의 환대를 받을 때도 있다. 초등학교는 담임선생님과 거의 모든 수업을 함께해서 수업 태도가 엄청 좋다. 아이들은 외부 강사에 호기심을 보이고 눈빛이 초롱초롱 반짝반짝한다. 담임선생님들도 교재에 관심을 갖고 컴퓨터상태 체크를 성의껏 도와주고 감사하는 진심을 느낀다.

여러 학년 중 가장 수업 태도가 좋지 않아 집중력이 떨어지는 그룹은 당연히 중학교 2학년이다. 북한이 중2가 무서워 남한을 쳐들어오지 못한다는 말이 있을 정도로 전혀 예측할 수 없는 마음을 갖고 있는 질풍노도 사춘기다. 그 무서운 중2 학생들에게 강의를 할 때면 여간 신경이 쓰인다. 중학교는 교과 담임제라 수업시간마다 다른 선생님과 수업을 하고 조회, 종례 때만 담임선생님과 만나다 보니 수업을 하러 가면 주로 진로 상담을 맡은 사회과 선생님의 안내를 받는다. 학교마다 반마다 성향이 조금씩은 다르지만 중2 교실은 외부강사가 들어가도 별로 관심을 보이지 않는다. 강사 스스로 PPTPower Point로 수업을 하기 위해서 노트북에 USB를 장착한다. 레이저포인터로 사진을 보면서 설명하는 방법으로 학생들의 집중력을 유도하는데 고개를 숙이고 잠을 자고, 앞 뒤 친구와 장난을 치고, 완전 억지 청중이다.

한강의 발원지인 검룡소 사진을 보여준다. 한강의 옛 이름이 시대에 따라 대수, 욱리하, 한산하, 열수, 경강으로 불렸고 지금 서울 수돗물 이름인 아리수는 '크다'는 순 우리말과 물을 뜻하는 한자 '수水'를 뜻하는 말로 고구려 광개토왕비에 새겨져 부르던 이름이다. 현재 한강을 사이에 두고 남북을 잇는 31개 다리가 있다. 옛부터 사람들은 강가에 터전을 잡았다. 특히 한강은 여러 나라의 각축장으로 위세를 자랑했다. 삼성동 구석기시대 유물과 역삼동 청동기시대 수혈식 주거지 발견은 강남의 재발견이다. 청동기시대 이후 한강 유역의 최초

날마다 문 닫는 박물관

정치세력으로 진국辰國이 등장했고 고조선과 중국으로부터 유입된 철기는 생산성 향상으로 인구의 팽창과 집중을 가져왔다. 이러한 변화에 따라 마한, 진한, 변한, 삼한시대가 열린다. 백제를 고대국가로 발전시킨 근초고왕의 함성이 삼성동 토성을 울리고 개로왕을 죽인 고구려 장수왕의 말발굽 소리가 강 건너 아차산성에서 들린다. 신라 사람들이 돌을 옮겨 대모산성을 쌓으면서 흘린 땀방울이 탄천에 흐르고 있다. 진흥왕이 한강을 차지하고 북한산에 순수비를 세우는 모습도 멀리 보인다. 한강을 차지한 나라가 가장 강성함을 자랑하던 삼국시대였다.

1392년 조선을 개국한 태조 이성계의 천도로 한양은 500년 도읍지가 된다. 동서로 흐르는 한강을 사이에 두고 북쪽은 경복궁을 중심으로 창덕궁, 창경궁, 경희궁, 경운궁이 지어져 정치의 중심이 되었다. 풍수지리학을 토대로 남쪽은 명당에 선정릉이 조성되어 왕실 친인척의 발길이 잦아졌고 풍광 좋은 곳에 세워진 압구정, 천년 고찰 봉은사의 판전을 설명하고, 광평대군이 목에 생선뼈가 걸려 돌아가셨다. 지금 700여기의 무덤이 있다고 하면 정말요? 하며 관심을 나타낸다. 무역센터 테헤란로와 서울로, 도산공원을 설명한다. 1975년 행정구역 변경으로 성동구에서 강남구로 불리면서 강남구 12개 동은 발전을 하게 된다.

수업을 마치고 교실을 나서는데 신기한 일은 그 중 몇 명 학생은 수업 태도가 좋기도 하거니와 질문도 하고 스스로 조용히 하자며 분위기를 주도하는 학생도 있다. 떠들던 아이가 "또 오서요" "감사 합니다" 인사를 할 때면 절로 미소를 짓게 된다. 다양한 중2 청중 태도에 어리둥절할 때가 많다. 이 학생들과 하루 종일 지내는 선생님들이 존경스럽다.

교정을 나오면서 나의 중학교 시절을 생각을 한다. 와자지껄 떠들고 괜히 웃고 요즘 아이들과 별반 다르지 않았을 것이다. 처음으로 입었던 주름치마 교복과 하얀색 체육복을 자랑하고 연필이 아닌 잉크에 펜으로 글씨를 쓰며 신기해했었다. 음악실, 과학실로 이동수업을 하는 것을 즐거워한 단발머리 소녀였다. 그 소녀가 자라서 할머니가 되었으니 지금 15세 소녀 소년도 분명 할머니 할아버지가 될 것이다. 내년이면 중2는 중3이 되겠지 …… 다음 수업시간 시작을 알리는 노래 소리가 교정 가득 퍼진다.